野有蔓草　千年不老

——生长在《诗经》里的植物

池墨　著

山西出版传媒集团　北岳文艺出版社
BEIYUE LITERATURE & ART PUBLISHING HOUSE
·太原·

图书在版编目（CIP）数据

野有蔓草，千年不老：生长在《诗经》里的植物 / 池墨著. — 太原：北岳文艺出版社，2019.8

ISBN 978-7-5378-5849-6

Ⅰ. ①野… Ⅱ. ①池… Ⅲ. ①散文集—中国—当代 Ⅳ. ①I267

中国版本图书馆CIP数据核字（2019）第010800号

书名：野有蔓草，千年不老：生长在《诗经》里的植物
著者：池　墨
特约编辑：王顺兰　孙　靓
责任编辑：李向丽
封面设计：张　旺
排版设计：周　鹏

出版发行：山西出版传媒集团 · 北岳文艺出版社
地址：山西省太原市并州南路57号　邮编：030012
电话：0351－5628696（发行部）
0351－5628688（总编室）　传真：0351－5628680
网址：http://www.bywy.com　E－mail：bywycbs@163.com
经销商：新华书店
印刷装订：三河市华晨印务有限公司

开本：880mm × 1230mm　1/32
字数：183千字　印张：8
版次：2019年8月第1版
印次：2019年8月河北第1次印刷
书号：ISBN 978-7-5378-5849-6
定价：46.80元

代　序

《诗经》，中华文明的璀璨明珠

《诗经》是中国古代诗歌的开端，也是我国最早的一部诗歌总集。在中华文明中，《诗经》无疑是一颗璀璨的明珠，数千年来，它一直熠熠生辉，让我们能够了解先人的生产与生活情况。而《诗经》的文学艺术成就，也是无可替代的，因此，它也成为我们精神的高地。

《诗经》总共有305篇诗歌，又被称为“诗三百”。收集了西周初年至春秋中叶（前11世纪至前6世纪）的诗歌，共305篇，其中6篇为笙诗，即只有标题，没有内容，称为笙诗六篇（《南陔》《白华》《华黍》《由庚》《崇丘》《由仪》），反映了近五百年间的社会面貌。

按照类别，诗经又分《风》《雅》《颂》。《风》是周代各地的歌谣；《雅》是周人的正声雅乐，又分为《小雅》和《大雅》，属于宫廷乐歌；《颂》是宗庙祭祀的乐歌和史诗，内容多是对祖先功业的歌颂。

《诗经》的文学地位，是后来的诗歌集无法取代的。《诗经》中的作品反映了先人的生产、生活，劳动、爱情，以及古人的信仰追求，而植物为我们提供了粮食、蔬菜、瓜果，是我们的食物来源，也是所有的动物包括人类赖以生存的根本。《诗经》中提到了很多植物，这也说明古人与植物朝夕相伴，他们在生产、生活中接触植物，了解植物，感知植物。

人类与植物的关系，是密不可分的，人类与植物的感情，是无可替代的。

我一直认为，植物是有灵性的。虽然植物不会说话，不会行走，也没有思想，但是，植物也是有脾性的，也懂得喜怒哀乐，并像动物和我们人类一样，懂得防御与保护自己。比如，含羞草，只要人们一碰到它的叶子，它就会“害羞”。比如仙人掌，就像刺猬一样浑身长满了针刺，用以保护自己。如果没有针刺的保护，那么，仙人掌类植物无疑是脆弱的，就会遭到动物的啃噬与践踏，就可能折断，甚至死亡。还有一些植物，会散发出难闻的气味或分泌出毒素来保护自己，让动物包括人类敬而远之。植物的世界就是这么神秘与奇妙，植物的世界也非常值得我们去关注与研究。

因为《诗经》里提到很多植物，所以，我们研读《诗经》的同时，其实也在研读植物，对这些植物进行了解、研究与解读，更有助于我们走进《诗经》，也有助于我们理解《诗经》。

《诗经》里提到了一百多种植物，这引起了我的兴趣，我开始关注《诗经》里提到的植物。但是，因为年代久远，一些植物的古今名字不同，有的植物在现实中已消失或需认真研究才知为何物。比如《诗经》里提到的扶苏，后人解释是一种树木，然而今天已经没有这种植物了。比如“山有苞栎，隰有六驳”中的苞栎和六驳是两种树木，就是今天的栎树和梓榆。如果没有对这些植物进行了解，就不可能知道古人所说的苞栎与六驳是什么。此种现象在《诗经》中比比皆是，这使我萌生了解读《诗经》里的植物的想法。于是我用了一年的时间来研读《诗经》，留意其中提到的每一种植物，查阅相关资料，用文学的笔法对它们进行解读。于是，就有了这本《野有蔓草，千年不老》。这本书对《诗经》里提到的所有植物进行了解读，可以看作是一部随笔集，也可以看作是一本科普书，希望能对读者阅读、理解《诗经》有所帮助。

《诗经》作为中华文明的璀璨明珠，一直熠熠生辉，而其中所提及的一百多种植物无疑是植物界中的翘楚，因为当它们被载入《诗经》的那一刻，就注定了会与《诗经》一起流芳百世了……

目录 CONTENTS

我行其野，芃芃其麦

粮食类

稻　子

稻子与麦子齐名，作为最重要的粮食作物，二者平分秋色，各占半壁江山。

> 六月食郁及薁，七月亨葵及菽。八月剥枣，十月获稻。
>
> ——《豳风·七月》

《诗经》里的这首《豳风·七月》，记录了每个月成熟的植物，人们在六月食李和葡萄，七月煮葵和豆，八月开始打红枣，十月下田收稻谷。季节决定了植物的生长期和成熟期，四季交替，植物枯荣，这是大自然的安排，植物无法抗拒。

稻子为一年生禾本科植物，单子叶，性喜温湿，其秆直立。在我国很多地区，稻子一般与麦子轮作，收割完稻子种上麦子，收割完麦子再栽上稻子，如此轮回，年复一年，亘古不变。

秋天是稻子成熟的季节，田野里，金黄的稻子一望无际，稻穗沉甸甸的，低下了头。民间有谚云：低头的是稻穗，昂头的是秕谷。稻子越成熟饱满，稻穗就垂得越低；而不饱满的稻谷，则始终把头抬得老高。人们由此来比喻，把头抬得高高的人，未必就有真才实学。懂得低头的人，未必就胸无点墨。

与麦子不同的是，稻子喜水，其一生基本都在水中度过，这让它的好友麦子望尘莫及。稻子，其实就是一株普通的植物，但是，却被人们赋予了灵性，它滋润了《诗经》，同样，《诗经》也滋养了稻子。

滮池北流，浸彼稻田。

啸歌伤怀，念彼硕人。

——《小雅·白华》

这是《小雅·白华》里的诗句，翻译成现代诗文就是：滮水缓缓向北流，灌溉稻子满地头。长啸高歌却伤人心怀，由此想念那个心上人。

在一望无垠的稻田里，一位被遗弃的贵妇人，看着滮水缓缓地向北流淌，滋润着田野里的稻子，妇人吟唱了一首歌曲，心中仍然不能忘记那个曾经与自己在一起生活的男人。呀，滮水滋养了稻子，负心的人却未能照顾自己的妻子，真是连没有情感的植物都不如啊！你这稻子呀，应该感谢池水的滋养。如果没有池水的灌溉，岂能长成让人喜爱的庄稼？你这没良心的男人，如果没有女人的服侍，又怎么能干一番自己的事业？

《周颂·丰年》中云：“丰年多黍多稌，亦有高廪，万亿及秭。为酒为醴，烝畀祖妣。以洽百礼，降福孔皆。”

这里的稌就是稻子，这是一首赞美丰收的诗歌：丰收的年头，收获了很多小米和稻子，高大的粮仓，储藏了亿万的粮食。用它们酿成美酒，献给我们的祖先来品尝，用粮食来祭奠很适当，只为祈求上天多降福禄与吉祥，真是一派丰收的景象。在这里，稻子不仅是古人用以果腹的食物，也可以用来酿酒，还可以用来祭祀先人。这首《周颂·丰年》，使古人面对丰收时的喜悦之情一览无遗。想想，粮食大丰收，不仅古人高兴，我们也替古人高兴呢！

八月剥枣，十月获稻。稻子就像一位哲人，在美好的季节里，总是喜欢低头沉思。而在收获的季节，人们自然对稻子充满了感恩之情，所以，人类伟大的诗歌总集《诗经》，又怎么能绕开稻子呢？

麦 子

麦子是人类主要的粮食作物之一，民以食为天，其对于人类的重要性不言而喻。既然如此重要，《诗经》自然是不可能忽略麦子的。我们伟大的诗人，怎么可能忘记赞美让自己赖以生存的植物呢?

《诗经》里，《鄘风·桑中》《鄘风·载驰》《王风·丘中有麻》《魏风·硕鼠》《豳风·七月》《大雅·棫朴》《颂·鲁颂·閟宫》等均有对麦子的描述，麦子也是被《诗经》关注较多的植物。

爰采麦矣？沬之北矣。

云谁之思？美孟弋矣。

期我乎桑中，要我乎上宫，送我乎淇之上矣。

——《鄘风·桑中》

古人说："到哪儿去采麦穗？到那卫国沬乡北。我的心中在想谁？漂亮女子她姓弋。约我等待在桑中，邀我相会在上宫，送我远到淇水上。"看来，在古人的眼里，采摘麦穗也是一件非常浪漫的事，他们可以一边采摘麦穗，一边想着心上人，古人真是乐在其中啊。

古人又说："我行其野，芃芃其麦。 控于大邦，谁因谁极？"翻译成现代诗文就是：我在田野踽踽独行，垄上麦子茂盛。欲赴大国去陈诉，谁能依靠？谁来支援？估计这位古人受了莫大的委屈，且在国内申冤无门，欲到大国去控诉，可是又担心得不到别人的支援。

麦子属于单子叶禾本科，是一年生草本植物，茎秆中空，有节，叶长披针形。穗状花序称“麦穗”，小穗两侧扁平，有芒或无芒。麦子在《诗经》里活得很滋润，在生活中，也是备受人们的呵护，人们为麦子播种、浇水、施肥、除虫、除草，保证了麦子的营养和水分，为麦子提供了一个良好的生长环境。在广袤的田野上，到处都生长着麦子，麦子未成熟时，绿油油的一片；成熟后，田野里则遍地金黄。在人类的帮助下，高傲的麦子具有至高无上的地位，统治着田野，杂草离它远远的，那些对麦子不敬的杂草，会被人类毫不留情地斩杀。所以，麦子从不担心杂草会来侵略自己的地盘，掠夺自己的养分。

正所谓“投桃报李”，麦子回报人们的是白白的面粉，香软的面包。离开麦子，我们不能说就活不了，但至少，缺少了麦子提供给我们的营养，会让我们的生活品质逊色不少。所以呢，我们还是好好地对待麦子吧，它不仅为我们提供了营养丰富的食物，麦子在《诗经》里也是那么的美好哩！

高　梁

提起高梁，很容易让人想起著名作家莫言的作品《红高粱》，它被著名导演张艺谋搬上银幕后，让高梁这种植物名声大噪。电影《红高粱》里，一队迎亲的队伍行走在乡间道路上，当他们走进青纱帐后，跳出了一群土匪，面对凶悍的土匪，迎亲的人群立即作鸟兽散，只剩下可怜的新娘。面对凶悍的土匪头子，孤零零的新娘只能任由他粗暴地将自己抱进高粱地，男人的野性在高粱地里得到了尽情的发泄……

电影《红高粱》让女演员巩俐一举成名，也让张艺谋获得了巨大的荣誉。更重要的是，人们也记住了高粱这种植物。

俗话说人如其名，这句话用在高粱的身上也很合适。高粱，名字里有高，说明它长得高。高粱身形颀长，在庄稼植物中，可以说是鹤立鸡群。高粱与玉米一样，都是高秆植物。每到夏季，高高的高粱就会遮挡住人们的视线，大片的高粱就会形成青纱帐。

高粱属一年生草本植物，禾本科，性喜温暖，抗旱、耐涝，秆较粗壮，直立，叶子窄而细长。高粱可以食用、酿酒，也可作饲料。小时候，苏北农村也会大片地种植高粱，只是没有人把高粱当作食物。在苏北，高粱一直属于经济作物。在我小时候的记忆中，高粱最大的用途是用来扎刷帚。高粱成熟后，用镰刀将高粱穗割下来，捋去高粱的种子，用细绳子将高粱穗子捆扎在一起，就成了刷帚或者笤帚，用以刷锅、洗碗和扫地，不用到市场上花钱去买。至于高粱种子，有的拿来喂鸡，有的则卖到粮所。

小时候在苏北农村，高粱还有一个重要的用途，就是高粱的秸秆可以用来当烧锅的燃料。相比小麦和稻子秸秆，高粱的秸秆耐烧且火力旺盛，加上高粱长得高，秸秆丰富，是农村人的重要烧锅燃料之一，因此备受农民喜爱。

高粱别名又叫蜀黍、桃黍、木稷、荻粱、乌禾、芦檫、茭子、名禾。但是在苏北，人们一般称高粱为秫子，而很少将其称为高粱。只有用作书面语的时候，才被称为高粱。

肃肃鸨行，集于苞桑。

王事靡盬，不能艺稻粱。

父母何尝？悠悠苍天，曷其有常？

——《唐风·鸨羽》

这是《唐风·鸨羽》里的诗句：大雁簌簌飞成行，成群落在桑树上。王室差事做不完，无法去种稻子和高粱。用啥去供养父母？高高在上的老天爷啊，生活何时能正常？在《诗经》中，提到庄稼的诗歌，多数反映了人们对现实的不满，诗人通过劳动人民的切身感受来反映劳动人民历经的苦难与痛苦，表达对暴政的愤懑以及对美好生活的渴望与憧憬。

同样，《小雅·黄鸟》一诗也表达了这种情感："黄鸟黄鸟，无集于桑，无啄我粱。此邦之人，不可与明。言旋言归，复我诸兄。"翻译成现代诗文就是：黄鸟黄鸟你听着，不要聚集在桑树枝上，不要啄食我的高粱。这个地方的人，不可与他讲道理。常常思念回家去，与我兄弟在一起。

《黄鸟》讲述一个背井离乡的人到异地他乡，本想来寻找原本以为没有压迫、诚实守信而又和平安宁的天国乐土，却不曾料到这却是一场虚幻而美丽的梦。诗人借黄鸟啄食桑叶和高粱来暗喻贪官酷吏对老百姓的压迫。

至此，我忽然明白《诗经》为什么会对庄稼类植物这么偏爱了，民以食为天，庄稼生产出人类赖以生存的食物，没有了庄稼，人类就无法存活，因此，庄稼才是最能表达人们情感的植物。而作为人类文化的结晶，作为反映劳苦大众疾苦的《诗经》，又怎么能够忽略它们呢?

稷

稷读jì，《说文》云："稷乃五谷长。"所谓五谷，古时指稷、麻、黍、麦、菽。后来又指稷、稻、黍、麦、菽。区别是后者有稻无麻，前者有麻无稻。古代的经济文化中心在黄河流域，而稻的主要产地在南方，因此"五谷"中最初无稻。但后来随着稻子种植面积扩大，麻的种植面积萎缩，五谷就变成了稷、稻、黍、麦、菽。

谷是指有壳的粮食作物，外面有一层壳，所以叫作谷。稷乃五谷长，在谷物中排名第一，由此可见稷在谷物中的地位。社为土地神，稷为谷神，稷常和社合称为社稷，用以代表国家。古时的君主为了祈求国事太平，国家五谷丰登，人民安康幸福，每年都要到郊外祭祀土地神和谷神，祈求土地神与谷神的照顾。而有了土地神与谷神的荫护，就会风调雨顺，五谷丰登，人们就能过上祥和安康的日子。稷受到了君主的膜拜，由此可见稷的身份是多么高贵！

既然稷如此高贵，《诗经》自然会格外予以关注，《小雅·黄鸟》《王风·黍离》《唐风·鸨羽》《豳风·七月》《小雅·楚茨》《小雅·信南山》《小雅·甫田》《小雅·大田》《颂·周颂·良耜》《颂·鲁颂·閟宫》等诗歌，都提到了稷。

彼黍离离，彼稷之苗。

行迈靡靡，中心摇摇。

知我者，谓我心忧，不知我者，谓我何求。

悠悠苍天！此何人哉？

彼黍离离，彼稷之穗。

行迈靡靡，中心如醉。

知我者，谓我心忧，不知我者，谓我何求。

悠悠苍天！此何人哉？

彼黍离离，彼稷之实。

行迈靡靡，中心如噎。

知我者，谓我心忧，不知我者，谓我何求。

悠悠苍天！此何人哉？

——《王风·黍离》

这首诗的大意是：黍在田野里茂盛地生长，稷已经长出了嫩苗，我行走缓慢，心里满是忧伤。理解我的人，说我是心中忧愁。不理解我的人，说我有什么欲求。这首《王风·黍离》抒发了诗人的无限惆怅，诗人借黍、稷的茂盛生长，来反衬自己内心的忧伤与凄凉。由《王风·黍离》来看，稷的种植时令比黍要晚。黍茂盛生长的时候，稷才刚刚长出嫩苗。

对于稷，很多人都不认识，大医士陶弘景曰："稷米人亦不识，书记多云黍与稷相似。"说明稷与黍的外形相差不多。医圣李时珍曰："稷与黍，一类二种也。黏者为黍，不黏者为稷。稷可做饭，黍可酿酒。犹稻之有粳与糯也。"由此可见，稷与黍的区别就在于黏与不黏。就像粳米与糯米一样，黏者为糯米，不黏者为粳米。李时珍又曰："稷黍之苗，似粟而低，小有毛，结子成枝而殊散，其粒如粟而光滑。三月下种，五六月可收，亦有七八月收者。”

稷是古人重要的粮食作物，在古代种植比较广泛。但是时至今日，稷种植面积严重萎缩，由重要的粮食作物退化成为经济作物，今人甚至都不知道稷为何物了。

《种植书》曰：“有黍不言稷本草有稷不载，即稷也。楚人谓之稷，关中谓之糜。”我们姑且不管稷的模样，也不管稷的领地有多小，纵使它濒危灭绝，也不影响它身为五谷之长的地位，更不影响它在《诗经》中的地位。

稷，甘、寒、无毒，但也不宜多食，多食，则易诱发三十六种冷病气。稷不能与瓠子同食，也不可与附子同服。瞧，稷不亏为谷神，容不得一丝漠视与亵渎。否则，它就会给你点颜色瞧瞧！由此也可以得知，稷应该不是小米，因为小米才没有稷这么大的脾气呢。

贪婪和不遵守规则，就会遭到稷的惩罚，看来，“谷神”一称可不是浪得虚名的，我们需要对稷保持一颗敬畏之心。

苴

七月食瓜，八月断壶。

九月叔苴，采荼薪樗，食我农夫。

——《豳风·七月》

七月里面可吃瓜，八月到来摘葫芦。九月拾起秋麻子，采摘苦菜又砍柴，养活农夫把心安。《诗经》里的这首《豳风·七月》，记录了很多庄稼、蔬菜和经济植物，可以说是诗经里记录庄稼、蔬菜和经济植物最多的一首诗。这首《豳风·七月》，堪称“《诗经》里的植物大全”。

苴并不是植物名称，而是植物麻子的籽实。

麻子是一种农作物，形似芝麻，枝高一米以上。麻子的籽粒同绿豆大小，外壳薄脆，内肉质香，可用于榨油，色泽暗黄，味道悠香。对于麻子，宋代科学家沈括在《梦溪笔谈》里是这样说的：“麻子，海东来者最胜，大如莲实，出屯萝岛 。其次上郡、北地所出，大如大豆，亦善。其余皆下材。”按照沈括的说法，麻子大的如莲子，小的也如大豆，以屯萝岛出产为最佳，上郡、北地出产为其次，其余皆下品。看来，麻子这种植物对于地理和气候要求比较高。就像橘子，正所谓“橘生淮南则为橘，生于淮北则为枳”。同样的植物，生在淮南，长出来的是又甜又大的橘子，但是一旦移植到淮北，则变成又小又苦的枳子，这绝对是水土不服造成的结果。而麻子对水土要求也比较严格，在屯萝岛出产的麻子就大如莲子，到了上郡、北地等地，就变成了大豆一样，再到其他地方，则“皆下材”。沈括没有说出“皆下材”的麻子是什么样，但显然不及屯萝岛、上郡、北地等地方生产的麻子。

物竞天择，很多植物在生长进化过程中发生了变异，一些古人熟悉的植物，今人不一定熟悉；古人当作食物的植物，今人不一定食用；古人的美食，今人说不定嗤之以鼻。麻子同样如此，在古代，麻子的籽实苴可是古人的粮食之一，古人用苴来充饥。但是，今天的人早已放弃了食用苴，因为有产量更高、口味更好的植物取代了麻子。比如大米做出饭来香喷喷的，小麦可以做成馒头、面条、大饼等美食，相比之下，麻子就相形见绌了。

古人以麻子的籽实为食物，所以《诗经》里才有“九月叔苴”的说法。虽然今天的我们不看好它，但并不代表它不重要，它可是古人的命根子呢！

菽

菽其实就是大豆。对于大豆，想必大家不会陌生，它是农村常见的庄稼植物，我们平时所吃的食用油，多数是大豆油。

大豆通称黄豆。然而在《诗经》中，大豆不叫大豆，也不叫黄豆，而叫菽。瞧，古人就是这么文雅，就连给植物起的名字，也都文绉绉的，听起来是那么端庄，那么严肃。你想，如果不是查看了相关解释，谁能想到菽就是我们常见的黄豆呢？

《诗经》里，《国风·豳风·七月》《小雅·小宛》《小雅·小明》《小雅·采菽》《大雅·生民》《鲁颂·閟宫》里都提到了菽。

采菽采菽，筐之筥之。
君子来朝，何锡予之？
虽无予之，路车乘马。
又何予之？玄衮及黼。

——《小雅·采菽》

这首诗的意思是：采大豆呀采大豆，用筐用筥里面盛。诸侯君子来朝见，王用什么将他赠？纵没什么将他赠，路车驷马给他乘。还用什么将他赠？龙袍绣衣已制成。这是一首比较明快的诗歌，《诗经》中涉及庄稼植物的诗歌，基调明快的并不多，多数用来表达劳动人民渴望幸福生活的心声，还有一小部分与爱情有关。

大豆作为乡间一种常见的植物，农村人是再熟悉不过的了。记得小时候，每年秋天，大豆收割后，我们都会去田野里捡遗落的大豆。大豆成熟后，豆荚容易爆裂，躲藏在里面的大豆就会掉落到地上，大人们只顾着收割整片的大豆，哪里还有闲工夫管那些掉落的大豆啊？因此，这些任务就落到了我们小孩子的身上。等到田野里的大豆被大人运走，我们就带着口袋或者提着篮子，到田野里捡大豆。最有趣的是，在雨后的乡间田野，经过雨水的浸泡，那些遗落在田野里的大豆，就会发芽，生长出嫩嫩的豆芽。这可是绿色纯天然的豆芽，不添加任何农药、化肥的，比起我们市场上人工生发的豆芽，可要健康得多了！

一般雨后两三天，遗落在田野里的大豆就能生出芽来。在田野里捡豆芽要及时，否则豆芽容易变青。变青的豆芽，食用起来可就不那么美味了。

虽然雨后的田野里泥土松软，脚下甚至还有点烂，但是，为了能捡到新鲜的豆芽，我们充分发扬了不怕苦、不怕累、不怕脚下泥巴粘脚的精神，经过半天的劳动，就能收获半篮子白嫩嫩的豆芽了。

诗经《小雅·小宛》里有这样的诗句："中原有菽，庶民采之。"那是怎样的一种劳动场景呢？直到今天，我们仍然可以想象出古人采摘大豆的情景：秋高气爽，辽阔的蓝天下，田野一望无际，人们在田野里收割、采摘大豆，其乐融融。

这场景，是多么忙碌，多么壮观，多么温馨！难怪我们的诗人要借大豆来吟哦一番呢！

黍

彼黍离离，彼稷之苗。

行迈靡靡，中心摇摇。

——《王风·黍离》

在《诗经》中，黍是被提及最多的庄稼植物，其被提及的频率远超稻、麦、大豆，甚至超过“百谷之长”稷，这让人对黍刮目相看。

黍之所以受到《诗经》的厚爱，一方面在于黍作为古时候主要的庄稼植物之一，是古人重要的粮食来源。另一方面，黍的种类比较多，像秬、秠等都是黍类植物，高粱、稷也都会被人称为黍。古时候，田野里到处都是黍类庄稼，黍在《诗经》里屡屡被提及，也就不足为奇了。

古人对黍太过熟悉与喜爱，因此，黍也就成为《诗经》中的“明星植物”，在《诗经》中“出镜率”非常高。在《王风·黍离》《魏风·硕鼠》《唐风·鸨羽》《豳风·七月》《小雅·黄鸟》《小雅·信南山》《小雅·楚茨》《小雅·甫田》《小雅·大田》《小雅·黍苗》《颂·周颂·丰年》《颂·周颂·良耜》《颂·鲁颂·闷宫》等诗篇中，均提到了黍。

黍被古人反复吟咏、咏唱，使其声名远扬。然而，尽管黍受到《诗经》的青睐，但是在社会发展中，它却逐渐被淘汰。也许是因为黍的产量没有稻子和小麦那样高，营养没有大米和面粉丰富，口感也欠佳等原因，总之，黍逐渐受到人们的冷遇，而稻子和麦子则脱颖而出，成为主宰庄稼世界的强者。而黍则渐渐退守，直至面临着消失的危险。

动物王国的生存法则是“弱肉强食”，植物世界的生存法则是“优胜劣汰”。但无论是动物还是植物，生存法则都是“适者生存”。黍没能适应人类的进食需求，逐渐受到人们的冷遇，逐渐被淘汰，也就成为情理之中的事。

有人说黍亦称稷，不过，大医士陶弘景曰：“黍，荆、郢州及江北皆种之。其苗如芦而异于粟，粒亦大。今人多呼秫粟为黍，非矣。北人作黍饭，方药酿黍米酒，皆用秫黍也。”由此看来，黍并非稷，也非粟，而是特有的植物。

黍是中国最早用于耕作的植物之一，古代专指一种籽实叫黍子的一年生草本植物，其籽实煮熟后有黏性，可以酿酒、做糕等。看来，黍被淘汰是有道理的，从用途来看，黍属于经济作物，而非主要的粮食作物。可能是因为那时候稻子和麦子还没有崛起，才让黍统占了庄稼世界。及至稻子和麦子逐渐强大，黍的领地自然就会萎缩。不过，好在《诗经》为我们提供了黍的各种“标本”，让我们在欣赏《诗经》的同时，也能欣赏到黍的风采，也是不亦快哉吧?!

粟

交交桑扈，率场啄粟。

哀我填寡，宜岸宜狱。

握粟出卜，自何能穀？

——《小雅·小宛》

这是诗经《小雅·小宛》里关于粟的诗句，意思是：小青雀叫叽叽，沿着谷场啄小米。自怜贫病更无依，连遇诉讼真可气。抓把米去占一卦，看我何时能吉利？

可怜的人不仅贫病交加，还接连遇上了官司，这种日子，真是苦不堪言啊！这种日子什么时候才能熬出头呢？只好抓把米去占一卦。穷啊，没有钱啊，只能拿粟米去抵作占卦的费用了。

《诗经》中，还有《小雅·黄鸟》也提到了粟。

黄鸟黄鸟，无集于穀，无啄我粟。

此邦之人，不我肯穀。

言旋言归，复我邦族。

——《小雅·黄鸟》

翻译成现代诗文就是：黄鸟黄鸟你听着，不要聚在榖上，别把我的粟啄光。住在这里的人，如今拒绝把我养。常常思念回家去，回到亲爱的故乡。

粟，俗称小米，因其粒小，直径两毫米左右，故名。粟原产于中国北方黄河流域，是中国古代的主要粮食作物。特别是在夏商时期，人们以粟为食，因此，现代人称夏代和商代属于“粟文化”时代。

粟的品种繁多，俗称“粟有五彩”，有白、红、黄、黑、青、紫等各种颜色。而农谚有“只有青山干死竹，未见地里旱死粟”的说法，说明粟的抗旱能力也是极强的。

粟是小米，而小米与大米相对。不过，粟的知名度好像远远不及稻子。对于大米，大家可是非常熟悉的，现代人一日三餐离不开米和面。这里的米就是大米，是稻子的籽实。

不过，小米虽然不多见，但是，在超市里我们仍然能见到它的踪影。市场上也有一些用小米制成的副食品，与《诗经》里那些已经消失的庄稼植物相比，粟无疑是幸运的，因为它已经由古人的主要食物变成了今天的经济作物。如此一想，粟能进入《诗经》，也是它修来的福分了。

重 穋

九月筑场圃，十月纳禾稼。

黍稷重穋，禾麻菽麦。

嗟我农夫，我稼既同，上入执宫功。

昼尔于茅，宵尔索绹。

亟其乘屋，其始播百谷。

——《豳风·七月》

这是诗经《豳风·七月》里的诗句，意思是：九月修筑打谷场，十月庄稼收进仓。黍稷早稻和晚稻，粟麻豆麦全入仓。叹我农夫真辛苦，庄稼刚好收拾完，又为官家筑宫室。白天要去割茅草，夜里赶着搓绳索。赶紧上房修好屋，开春还得种百谷。

重穋，重读 tóng，穋读 lù。重通“穜”，是先种后熟的谷物；穋通“稑”，是后种先熟的谷物。

重穋是一对很有意思的组合，两者是同一种植物，只不过是有早熟晚熟之分，所以，古人才将它们一分为二。

早晚熟的谷类植物有很多，比如稻子，有早稻、晚稻之分；玉米从播种的角度来看，也分为春玉米和夏玉米，但《诗经》里的重穋肯定不是指玉米。因为玉米是舶来品，虽然现在种植范围很广，产量也很高，大概与稻子、麦子相当。但是，据史学界推断，玉米传入中国应在明代或以后了。

早晚熟的谷物还有粟，贾思勰《齐民要术》云：“谷之成熟有早晚，苗秆有高下，收实有多少，质性有强弱，米味有美恶，粒实有息耗。”不过，有人说“禾麻菽麦”里的禾，指的是粟。禾是谷类植物的统称，但是古书上指粟。如此一来，就排除了粟是重穋的嫌疑。

诗经里提到的庄稼植物，大概有稷、稌（稻）、麦、粱（高粱）、菽（大豆）、麻（麻子）、粟（小米）、黍几类。从“黍稷重穋，禾麻菽麦”这句诗来看，排除了黍、稷、禾、麻、菽、麦等植物是重穋的可能，剩下的也是非常重要的植物，就只有稻子了。因此，重穋应该指的是早熟和晚熟的稻子。

早稻就是早稻，非要起个名字叫重；晚稻就是晚稻，非要起个名字叫穋。看来，不博览群书，不做到学富五车，要想读懂咱们的《诗经》，还真不是一件容易的事啊！

穈 芑

诞降嘉种，维秬维秠，维穈维芑。

恒之秬秠，是获是亩。

恒之穈芑，是任是负。以归肇祀。

——《大雅·生民》

这是诗经《大雅·生民》里的诗句，其中的穈、芑两种植物是粟的一种。

李时珍说：“粟，即粱也。穗大而毛长粒粗者为粱，穗小而毛短粒细者为粟。苗俱似茅。种类凡数十，有青、赤、黄、白、黑诸色。”这里的穈，就是赤色的粟；这里的芑，就是白色的芑。

粟为单子叶植物，又名粟谷子、小米、狗尾粟。穈、芑作为粟家族的一员，无疑丰富了粟的种类，让粟变得五彩斑斓，因此也就有了“粟有五彩”之说。

不妨让我们想象这样一幅场景：在古代，辽阔的田野上，到处都种植着粟。青青的粟苗覆盖着田野，碧波四野，让人好不赏心悦目。待到粟开始扬花结穗，粟的群种就可以分辨出来了，粟的穗有红的、黄的、白的、黑的、青的，红的就是穈，白的就是芑，它们是我们的先人的重要粮食作物。等到穈、芑等成熟时，我们的先人就来收割了。先人们穿行在五颜六色的粟田中间，犹如穿行在画中一样，这是一幅多么美丽的图景！只是这种场景，今天的我们是看不到了，因为粟的种植数量和范围在今天已经大为减少。

山有蕨薇，隰有杞桋

瓜果蔬菜类

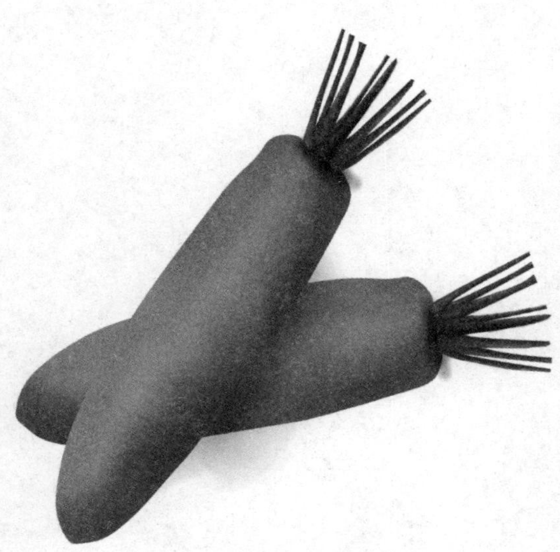

菲

萝卜是我们最常见的蔬菜之一，不过，在《诗经》里，萝卜不叫萝卜，叫菲。

诗经《邶风·谷风》里说："习习谷风，以阴以雨。黾勉同心，不宜有怒。采葑采菲，无以下体？德音莫违，及尔同死。"这句诗的意思是：山谷来风迅又猛，阴云密布大雨倾。夫妻共勉结同心，不该动怒不相容。采摘萝卜和蔓青，难道要叶不要根？往日良言休抛弃，最后与你共赴死。

《邶风·谷风》是一首弃妇诗，写的是一个被抛弃的女子满含哀怨，诉说丈夫的不是，希望丈夫能够回心转意，夫妻重归于好的故事。诗中，女子用"采葑采菲，无以下体"来比喻自己。葑是蔓菁，很多地方称其为芣蓝，菲是萝卜，下体指芣蓝和萝卜的根。芣蓝和萝卜这两种植物的果实都在根部，是人们食用的部分。至于叶和茎，农村人一般会拿来喂猪。也就是说，芣蓝和萝卜的真正价值正是在于根部，但是，负心的丈夫却恰恰丢弃了最有价值的部分，可谓是"有眼不识泰山"了。

回到正题，我们还是来说说今天的主角菲，也就是萝卜。作为土生土长的植物，萝卜也有许多别名。比如芦 、芦葩、芦菔、荠根、罗服、萝瓟、雹葖、紫菘、紫花菘、温菘、萝苗、楚菘、秦菘、土酥、葖子、萝白、葖、萝蔔、菜头、地灯笼、寿星头等。

萝卜不仅可以作为蔬菜食用，它的种子、鲜根、枯根、叶皆可入药，种子可消食化痰；鲜根可止渴、助消化；枯根可以利二便；叶可治初痢。真可谓全身都是宝。在《诗经》里，萝卜也是被比作有价值之物的。

葑

采葑采菲，无以下体？

——《邶风·谷风》

蔓菁，这个名字听起来就像女孩子的名字，让人想到青春、温柔、靓丽。不过，蔓菁可不是哪位女孩子，而是一种植物的名字。这种植物在今天也非常普遍，它就是我们所说的苤蓝，是一种常见的蔬菜，《诗经》里称为“葑”。

蔓菁又名芜菁、九英菘、合掌菜、结头菜、芥蓝、擘蓝、茄连、撇蓝、玉蔓青等，最通俗的名字就是大头菜。多少植物看名字让人感到陌生，等到真正揭开它们的真面目的时候，往往让人恍然大悟或哑然失笑：哦，原来它就是我们常见的植物啊！蔓菁也一样。

对于蔓菁，李时珍在《本草纲目》里是这样说的：“六月种者，根大而叶蠹。八月种者，叶美而根小。惟七月初种者根叶俱良。”由此看来，蔓菁最佳种植季节应该是七月，可以同时收获根和叶。不过，今天我们食用的主要是蔓菁的根，按照“六月种者，根大而叶蠹”一句推断，我们最好在六月种植蔓菁，可以收获更优质的根茎。

小时候，农村很穷，经常饥一顿饱一顿。那时候，蔓菁就变成了我们的最爱。其外皮长着一层蜡质，看起来很皮实，但用刀子削掉它的外皮，就可以生吃了。生的芣蓝味道有点甜，甜中还带点麻辣，饿的时候可以充饥。

据说，蔓菁在古代是被人们作为美味来食用的。《吕氏春秋·本味篇》中就称蔓菁为“菜之美肴”，《广群芳谱·蔬谱》则说蔓菁“四时皆有，四时皆可食”。蔓菁一年四季都有，那么怎么吃呢？又云：“春食苗，初夏食心（亦谓之薹），秋食茎，冬食根。”即蔓菁的苗、台、茎、根等均可食用，只不过根据季节的不同而食用不同的部位。所谓“数口之家，能莳百本，亦可终岁足蔬。”

由于蔓菁具有较高的食用价值，历代诗人对其也大加赞誉，唐诗人韩愈有诗云：“黄黄芜菁花，桃李事已退。”同样是唐代诗人元稹则赋诗曰：“三春已暮桃李伤，棠梨花白蔓菁黄。”

瓜　苦

《诗经》所说的瓜苦，就是今天我们所说的苦瓜。

《豳风·东山》里说："有敦瓜苦，烝在栗薪。自我不见，于今三年。"敦是古时的一种盛器，这句诗的意思是：有一敦的苦瓜，放在柴堆没人管。自我离家不见，至今已经整整三年。

对于苦瓜名字的由来，李时珍是这样说的："苦以味名。瓜及荔枝、葡萄，皆以实及茎、叶相似得名。"李时珍说，苦瓜因为其味苦而得名，它的果实外形像荔枝、葡萄，且茎、叶都和荔枝、葡萄相似。

苦瓜具有养颜嫩肤、养血滋肝、降血糖的功效，常吃苦瓜能增强皮层活力，使皮肤变得细嫩健美。苦瓜的特点是生则性寒，熟则性温。生食清暑泻火，解热除烦；熟食养血滋肝，润脾补肾。在追求养生的今天，清炒苦瓜成为餐桌上常见的一道菜，而凉拌苦瓜也深受人们的喜爱。

奇妙的是，苦瓜虽然味苦，却具有"不传己苦与他物"的特点。苦瓜无论与何菜何物同炒同煮，都不会把自身的苦味传给对方，不会影响别的菜的味道。苦瓜的这种特点，颇有荷花"出淤泥而不染"的风度，因此有人说苦瓜有君子之德，所以将苦瓜称为"君子菜"。

君子菜，这是多么高雅的称呼，这是多么高雅的褒奖！苦瓜，也应该心满意足了吧？

既然苦瓜被人们称为君子菜，那么自有它的高贵品质，因此，苦瓜被写入我国古老的诗歌总集《诗经》，也算实至名归了！

壶

壶一般指我们盛水的生活器具，如水壶、茶壶、酒壶等。不过，《诗经》里的壶，指的可是植物，就是今天的葫芦。

葫芦属葫芦科葫芦属爬藤植物，它主要依靠攀爬大树而生长。葫芦也是世界上最古老的作物之一，中国考古学家在浙江余姚河姆渡遗址发现了七千年前的葫芦及种子，这也是目前世界上关于葫芦的最早发现。葫芦还有多种叫法，如壶卢、蒲卢等。另外，壶在《诗经》里也叫匏，如《邶风·匏有苦叶》有诗云："匏有苦叶，济有深涉。"说的是：葫芦瓜有苦味叶，济水边有深渡口。

诗经《豳风·七月》里"七月食瓜，八月断壶"的意思就是说七月里面可以吃到瓜类，八月到来的时候可以采摘葫芦。

不过，现代人采摘食用葫芦，都是在还没有完全成熟的时候，这时候的葫芦可以炒着吃。等到葫芦完全成熟，外皮就变得又老又硬，这时候采摘的葫芦一般就是采摘里面的种子以供明年种植了。还有就是利用它来制作生活用的盛具，比如葫芦瓢。而将葫芦做成葫芦瓢，古人早就会了，在《诗经》的另一首《大雅·公刘》里就有这样的描述："执豕于牢，酌之用匏。"意思是到猪圈里抓来猪儿做成佳肴，再用葫芦瓢盛满美酒来饮用。

二十世纪六七十年代的农村，家家都有葫芦瓢。因为贫穷，在农村，人们的家庭生活用具一般都是就地取材，自己制作加工，比如盛水、挖粮时用的葫芦瓢，只要将完全成熟的葫芦用刀或锯子一剖两半，然后将里面的瓤和种子挖出，再放在太阳底下晒干，一个生活盛具就做好了。但是，随着社会的发展，人们生活水平提高了，锅碗瓢盆早已实现了现代化，有铁制的，有铝制的，还有塑料制成的，人们也不再用过去的方法，拿葫芦来制作盛具了。现在，在农村已经很难找到葫芦瓢了。

不过，作为最古老的植物之一，葫芦依然延续着它的香火，不仅在《诗经》里活得滋润，在现实中，它依然自顾自地生长着。在今天的超市和农贸市场里，我们仍然能看到葫芦的身影。

瓠

瓠，读 hù，是一种植物，指瓠瓜，就是今天我们所说的瓠子。

因为代表葫芦的“壶”是通假字，通“瓠”，所以，在《诗经》里，瓠也会被解释为葫芦。但是，我更倾向于认同瓠是瓠瓜，因为早在七千年前，瓠瓜在我国就有栽培。而瓠瓜作为一种植物存在，直到今天，它依然被我们所认同和食用。

诗经《小雅・瓠叶》里说：“幡幡瓠叶，采之亨之。”意思是说瓠瓜的叶子翩翩舞，采来做菜又煮汤，这也符合瓠瓜的食用特征。

我们还是叫它瓠子，瓠子是一年生草本植物，茎蔓生，夏天开白花，果实长圆形，嫩时可食。瓠子有很多别名，如甘瓠、甜瓠、净街槌、龙密瓜、长瓠、扁蒲等。作为农村常见的一种植物，瓠子也是农村人经常食用的蔬菜，可以用来炒菜、煮汤。

瓠是形声字，从瓜，从夸，夸亦声。“夸”意为“虚空”。“瓜”与“夸”联合起来表示“虚空之瓜”。其实，不仅瓠子是空虚之瓜，所有瓜类、葫芦类均为“虚空之瓜”，它们中间是空的，不过有瓤有籽。而且有的“虚空之瓜”人们吃的就是里面的“虚空”，比如癞葡萄，我们所吃的就是它“虚空”之处的籽。成熟的癞葡萄的籽，外面包着一层红色的果肉，甜甜的，亦不失为一种美味。

在农村，家家的菜园地都会种植几株瓠子。作为藤蔓植物，瓠子的生命力很强，它沿着支柱盘旋而上，攀到最高点，便向四周伸展。瓠子开花后，慢慢结出果实，其外形像方瓜，但是不及方瓜长，外皮比较光滑，呈青色，老了会泛白。瓠子就像农村人一样质朴，不蹿不跳，比较中规中矩，所以，它们的果实外形大小也都差不多，是农村人喜欢的蔬菜。

我最喜欢吃的是“瓠拖”。“瓠拖”是我们这里的一种小吃，其做法是用专用的瓜刨子将瓠子削成丝，在炒锅里放上油，加热，将削成丝的瓠子放在面粉里，粘上面粉，做成饼状，然后放进油锅里煎，再加入调料、食盐，做成的“瓠拖”既香脆又好吃，可以当点心食用。

在农民的菜园子或者农家院子里，瓠子生长茂盛，一直与农家人为伴，千百年来，不离不弃。可以说，是农家人养育了瓠子；也可以说，瓠子也滋养了农家人。

蕨

诗经《小雅·四月》里有“山有蕨薇，隰有杞桋”的诗句,《召南·草虫》里则有“陟彼南山，言采其蕨”的诗句，这两句诗里所说的蕨，是指一种植物，即蕨菜。

从“山有蕨薇”和“陟彼南山，言采其蕨”来看，蕨菜是生长在山上的，但凡生长在山上的植物，都是顽强而坚毅的。蕨菜作为一种蔬菜，生长在山上，自有它的品质所在。

蕨菜又叫拳头菜、猫爪子、龙头菜、鹿蕨菜、蕨儿菜等，其幼嫩叶芽可以食用。蕨菜营养丰富，但味甘性寒，脾胃虚寒者不能轻易食用，而且常人也不宜多食。

不过，古人因为生活条件所限制，不得不选择野生植物为食，那时候的古人体内具有特殊的抗体，相比之下，今天的人们的抵御力可就差多了，很多古人喜欢食用的植物，今人吃了或不好消化，或觉得不那么美味，最终导致那些古人食用的植物，被今人所遗弃。想想也是，那时候哪里还有精致食物？人们为了填饱肚子，能吃饱就不错了。估计，古人吃野菜就像现代人吃自己种植的蔬菜一样，不会有太多不良反应。

作为植物，天生就是动物的美味，然而，植物也是有生命的，没有一种生命愿意成为他人的腹中餐。但植物们无法像动物那样面对危险可以选择躲避、逃跑，植物只能眼睁睁地待在原地，任凭动物的掠食，无法反抗。不过，植物们也会用另一种方法保护自己，比如，有的植物身上长满了尖刺，不让动物靠近；有的植物散发出异味，让动物嫌弃自己；有的植物，动物吃了就会闹肚子，自然也就不会再去啃食了。

蕨菜保护自己的手段，就是分泌一种原蕨苷物质。据现在科学检测，蕨菜含有的原蕨苷物质容易致癌。

蕨菜为了能够延续生存下去，可真是殚精竭虑啊！不过，这个世界动物环伺，虎视眈眈，哪里又有蕨菜安全的地方呢？所以，蕨菜真正理想的栖居之所，大概也不外乎《诗经》了。

葵

提起葵，我们一般会想到向日葵，但是，《诗经》里的葵不是指向日葵，而是指一种蔬菜，今天我们称为葵菜。诗经《豳风·七月》里说："六月食郁及薁，七月亨葵及菽。"这里的葵就是指葵菜。

葵菜，又名冬葵，民间称冬苋菜或滑菜，属锦葵科植物。在古代，葵菜是人们主要食用的蔬菜。王帧在《农书》里说："葵为百菜之主，备四时之馔，本丰而耐旱，味甘而无毒，供食之余可为菹腊（咸干菜），枯枿之遗可为榜簇，子若根则能疗疾。"由此可见，葵菜对于古人来说，是意义非凡的，既能在平时食用，又可以备饥荒。不仅如此，葵菜的根还可以治病。

不过，对古人如此重要的蔬菜，在今天已经不多见了。其实，葵菜不仅是今天不多见，早在李时珍时代，葵菜就已大为减少。李时珍在《本草纲目》里说："葵菜古人种为常食，今之种者颇鲜。"李时珍是明代人，他所说的古人，显然早于明代。他所说的"今之种者"，是他所在时代的人。也就是说，从明代开始，人们就很少种植葵菜了。

对于葵菜，李时珍是这样说的："有紫茎、白茎二种，以白茎为胜。大叶小花，花紫黄色，其最小者名鸭脚葵。其实大如指顶，皮薄而扁，实内子轻虚如榆荚仁。四、五月种者可留子。六、七月种者为秋葵；八、九月种者为冬葵，经年收采；正月复种者为春葵。"李时珍不愧为一代医学大师，他身体力行，踏遍山川田野，遍寻植物，广收博采，潜心钻研，舌品口尝，鉴别植物的药性与特性，用了近三十年时间编撰了《本草纲目》。《本草纲目》收载药物1892种，附药图1000余幅，阐发药物的性味、主治、用药法则、产地、形态、采集、炮制、方剂配伍等，并载附方10000余个，如此浩大的工程，可谓耗尽了李时珍一生的心血。

按照李时珍的说法，根据种植季节的不同，葵菜可分为春葵、秋葵、冬葵。而无论是春葵、秋葵还是冬葵，它指的都是同一种植物，也就是葵菜。不过，我们在市场上也可以见到一种秋葵，外形有点像青椒，又有点像小黄瓜，但是有棱角，农村人又称其为羊角豆和洋辣椒。这种秋葵，不是《诗经》里所说的葵菜，而属于另外一种植物。葵菜的幼苗和嫩茎叶均可食用，而秋葵人们一般只食用它的果实。

在古代，葵被称为是“五菜之主”，古代的五菜是指葵、韭、藿、薤、葱。这里的藿是豆叶，薤是野蒜。这五菜中，葵甘、韭酸、藿咸、薤苦、葱辛，意味着五菜其实也代表着五味。不过，随着人类的进化与植物的演变，人们的食谱也发生了巨大的变化，比如古人的主要蔬菜“五菜”，有的从餐桌消失，如葵、藿；有的变成了调料菜，如葱；只有韭菜被延续了下来，至今仍然活跃在人们的餐桌上。

茆

茆，按照字面解，是花之上，柳之右；花取其朵，柳取其枝，是谓“艳阳花开，春风拂柳”之意。这是对茆字的结构语义解释。不过，《诗经》里的茆是指一种植物，即莼菜。

莼菜是多年生水生宿根草本植物，又名蓴菜、湖菜、雷公根、连钱草、水莱、水葵等，莼菜还有一个很优雅的名字叫积雪草，不过，农村人更喜欢叫它马蹄菜。

莼菜的嫩茎叶为食用部分，可鲜食或盐渍。而古人也是将莼菜当作食用蔬菜的。《颂 · 鲁颂 · 泮水》里说：“思乐泮水，薄采其茆。鲁侯戾止，在泮饮酒。”诗的意思是说：兴高采烈地赶赴泮宫水滨，采撷莼菜以备大典之用。我们伟大的主公鲁侯驾到，在宏伟的泮宫里饮酒相庆。由此可见，古人采摘莼菜是在盛典上使用的。

不过，莼菜受到古人如此热捧，也绝非浪得虚名，莼菜鲜美滑嫩，含有丰富的胶质蛋白、脂肪，以及多种维生素和矿物质，属于珍贵蔬菜。即使在今天，莼菜也可以说是大名鼎鼎，声名远扬。要知道，人家还位列“水八仙”之列呢！所谓的“水八仙”，是指生长在水中且可以食用的八种水生植物，它们分别是莼菜、茭白、莲藕、水芹、芡实、慈姑、荸荠、菱八种植物。

莼菜生长繁殖的速度较快，清明前后，莼菜开始生长，立夏之后，气温上升，莼菜生长更加旺盛。每年清明至霜降期间，人们都可以采摘莼菜的嫩叶食用。在清明前后采摘的莼菜称为“春莼菜”；在霜降前后采摘的莼菜称为“秋莼菜”。

有一个成语叫“莼鲈之思”，是关于莼菜的，这个成语出自一个典故。据《晋书》记载，吴人张翰，才学出众，至洛阳，齐王司马冏闻其名，授官大司马东曹掾。秋风乍起，他思念故乡吴中的莼菜、莼羹、鲈鱼，叹曰：“人生贵得适志，何能羁宦数千里，以要名爵乎？”于是弃官归吴，这便是“莼鲈之思”典故的由来。后来，莼鲈之思也就成了思念故乡的代名词。

莼菜除了可供食用，还可入药，具有清热、利水、消肿、解毒的功效，可以治疗热痢、黄疸、痈肿、疔疮等疾病。

在《诗经》里，莼菜的地位较高，而无论是从它的食用性，还是药用性来看，莼菜作为盛典之用都当之无愧。而在今天，莼菜已经被列为国家I级重点保护野生植物了。

荠

《邶风·谷风》里说："谁谓荼苦？其甘如荠。"意思是说：谁说苦菜味最苦，在我看来甜如荠。这里的荠，就是荠菜。荠菜，古人将其当作蔬菜，今人将其当作猪草。只是后来，随着生活水平的提高，人们开始追求健康养生，绿色纯天然蔬菜受到了追捧，一些野菜变成了香饽饽，成了人们口中的野味，荠菜就是其中之一。

就像乡村的其他植物一样，荠菜也有很多别名，像扁锅铲菜、地丁菜、地菜、靡草、花花菜、护生草、羊菜、鸡心菜、净肠草、菱角菜、清明菜、香田芥、枕头草、地米菜、鸡脚菜、假水菜、地地菜、烟盒草、西西、山萝卜苗、百花头、俞菜、辣菜等。荠菜属于十字花科荠属植物，营养价值很高，不仅今天的人们喜欢它，古人早就采集野生荠菜作为食物，而这也被《诗经》所记载。

虽然荠菜的名字里面含菜，但是，农村人还是把它当作草来看待，常常拿它来喂猪。小时候，我们割猪菜，就是把荠菜当作猪菜的。那时候农村人很少吃荠菜，不过，有时候也会用初春生长的鲜嫩荠菜包饺子吃。还可以用荠菜腌制小菜，将荠菜洗净，切碎，用开水烫一下，放入细盐、香油等调味料，一盘好吃的野生小菜就出炉了。农村人吃的，都是鲜嫩的荠菜，荠菜一旦老了，就变成猪菜了，只能用来喂猪，而不会再上农村人的餐桌。

上小学时，在语文书上学到了作家张洁的《挖荠菜》。张洁说“我对荠菜，有着一种特殊的感情……”其实，何止是张洁，包括我在内的很多人对荠菜都有感情，这种感情既饱含对童年记忆的怀念，又洋溢着浓浓的乡思。

荼

在《诗经》里，提及“荼”的诗篇不少，比如“谁谓荼苦？其甘如荠”(《邶风·谷风》)、“九月叔苴，采荼薪樗，食我农夫”(《豳风·七月》)、“周原膴膴，堇荼如饴”(《大雅·棉》)，这些诗里所说的荼，都是指苦菜。

苦菜又名苦苦菜、苦苣菜、取麻菜、苣荬菜、麻苣苣，是一种药食兼具的无毒野生植物。苦菜可以食用，古人也是一直食用苦菜的，而这从《邶风·谷风》《豳风·七月》《大雅·棉》里也都能看出来。

在《诗经》里，古人除了将苦菜称为荼，还将苦菜称为苦，如《唐风·采苓》有诗云“采苦采苦，首阳之下”。这里的苦，指的是苦菜。

苦菜耐寒、耐热、耐旱、耐瘠性均较强，也许，这正是苦菜得名的由来吧？苦菜就像穷人家的苦孩子一样，不管生活多么艰苦，不管条件多么简陋，都能适应环境，健健康康生长。

苦菜不但可食，而且还能治病，具有清凉解毒、明目和胃、破瘀活血、消炎利尿、去淤消肿的功效。主治肠炎、盲肠炎、产后腹痛、急慢性结肠炎、眼结膜炎、皮肤红肿炎症或湿疹发痒等症状，对牙龈出血、袪火明目也具有一定的疗效，还可以用来防治癌症。苦菜做药用时，它的名字又叫“败酱草”。对于败酱草，李时珍是这样说的：“处处原野有之。俗名苦菜，野人食之，江东人每采收储焉。春初生苗，深冬始凋。”

由此看来，苦菜的生长期还是非常长的，它从初春开始发芽、生苗，一直到深冬才凋零，古人将其储藏以备不时之需，这也就解决了冬季蔬菜不足的问题。

不得不佩服古人的智慧，那时候没有冰箱，没有超市，没有反季节蔬菜，但是可以通过晾干的做法，将新鲜的蔬菜做成干菜，然后在需要的时候再取出来食用。直到今天，这种方法一直被沿用，比如小时候，母亲就经常将夏季吃不完的茶豆、雪里蕻等做成茶豆干、霉干菜，也会将新鲜的马齿苋做成干马苋菜。

不过，我没吃过干苦菜。也许，古人晒制的干苦菜没有母亲晒制的茶豆干好吃。也许，古人不这么认为，他们可能会说："谁说苦菜苦呢？它甜比荠菜呢！"

参差荇菜，左右采之

水生植物

菡 萏

古人称未开的荷花为菡萏，菡萏属睡莲科多年生水生草本植物，又称芙蓉、芙蕖、莲花、水芝、水华、水芙、水旦、水芙蓉、泽芝、玉环、六月春、中国莲，具有“出淤泥而不染，濯清涟而不妖”的圣洁品质。这么高雅的植物，不入《诗经》，那简直就是《诗经》的一大损失。所幸，《诗经》慧眼识“物”，将菡萏纳入自己的旗下。

彼泽之陂，有蒲与荷。
有美一人，伤如之何？
寤寐无为，涕泗滂沱。
彼泽之陂，有蒲与蕑。
有美一人，硕大且卷。
寤寐无为，中心悁悁。
彼泽之陂，有蒲菡萏。
有美一人，硕大且俨。
寤寐无为，辗转伏枕。

——《陈风·泽陂》

这里的“有美一人”并不是“美女”，而是“美男子”一枚。这是一首描写女子思念心上人的诗歌，女子看见池塘边的蒲与荷相伴成长，睹物生情，想到自己爱恋的心上人。然而，思而不见令女子心烦意乱，神伤情迷。就这样，女子日夜苦苦地思念着自己的心上人，甚至连觉也睡不着了……我们仿佛看到千年前的那位女子，孤苦伶仃地站在池塘边低头沉思，她的内心一定是痛苦和愁闷的，但是，眼前的菡萏和蒲却不懂她的心思，唯有我们的诗人，一眼就洞穿了女子的内心，写出了《泽陂》这样的名篇。

菡萏作为水生草本植物，有水的滋润，一直活得清灵透彻，佛教《华严经》为莲花总结为有“四义”：“一如莲华，在泥不染，比法界真如，在世不为世污。二如莲华，自性开发，比真如自性开悟，众生诺证，则自性开发。三如莲华，为群蜂所采，比真如为众圣所用。四如莲华，有四德：一香、二净、三柔软、四可爱。”

在文学领域内，荷也一直受到人们的赞美，以荷为题的诗词歌赋不计其数，李白在《渌水曲》中描写荷花：“荷花娇欲语，愁杀荡舟人”；王维在《渭川田家》里则这样写道：“田夫荷锄至，相见语依依”；欧阳修有诗云：“菡萏香清画舸浮，使君宁复忆扬州”；朱淑真也有诗赞美荷花：“平波浮动洛妃钿，翠色娇圆小更鲜。荡漾湖光三十顷，未知叶底是谁莲？”

看看，菡萏自有菡萏的不凡之处，千百年来能够得到这么多的大诗人赋诗赞美，难怪菡萏能够活在《诗经》里！

蒹葭

蒹葭苍苍，白露为霜。
所谓伊人，在水一方。
溯洄从之，道阻且长。
溯游从之，宛在水中央。
蒹葭萋萋，白露未晞。
所谓伊人，在水之湄。
溯洄从之，道阻且跻。
溯游从之，宛在水中坻。
蒹葭采采，白露未已。
所谓伊人，在水之涘。
溯洄从之，道阻且右。
溯游从之，宛在水中沚。

——《秦风·蒹葭》

《诗经》里的这首《蒹葭》，让蒹葭名冠天下，名闻遐迩。蒹葭是一种植物，指芦荻、芦苇。李时珍在《本草纲目》里说：“苇之初生曰葭，未秀曰芦，长成曰苇。”由此，我们可以得知，芦苇在刚刚生长时，称为葭，那时候的芦苇嫩嫩的；在还未抽穗时，称为芦，此时的芦苇已经长得非常高大；要成熟时，芦苇就会抽穗，称为苇。芦苇的穗也是芦苇花，秋天时，芦苇丛白花花的一片，那是芦苇花在随风摇曳、起舞。

芦苇是多年水生或湿生的高大禾草，生长在灌溉沟渠、河堤沼泽等地，芦叶、芦花、芦茎、芦根、芦笋均可入药。特别是芦苇根，有清热生津、除烦止呕、利尿的作用，主治热病烦渴、肺热咳嗽、肺痈吐脓、胃热呃逆等病症。

对于生长在农村的人来说，芦苇是非常熟悉的。在农村沟渠路边，我们常常会见到丛生的芦苇，它们生长茂密，是兔子、野鸡、野鸭等野生动物的嬉戏乐园，因为隐蔽性好，不会受到其他动物或人类的伤害，所以，芦苇丛也是小动物们天然的庇护所。在这里，小动物们无忧无虑，不仅可以在芦苇丛里觅食、睡觉，而且也可以在芦苇丛里恋爱、繁衍。

看来，蒹葭不仅人们喜欢，就是小动物们，也喜欢得很！只是，人类喜欢蒹葭，讲究的是诗意，而我们的小动物喜欢蒹葭，讲究的可是实用！

蓼

其笠伊纠，其镈斯赵，以薅荼蓼。

荼蓼朽止，黍稷茂止。

——《周颂·良耜》

这是一首描写劳动场景的诗歌：头戴手编草斗笠，手持锄头来翻土，除草田畦得清理。野草腐烂作肥料，庄稼生长真茂密。在《诗经》里，有很多描写劳动场景的诗歌，《周颂·良耜》只是其中的一首。

蓼读 liǎo，是一种水草，可食用。对于蓼的可食用性，陶弘景是这样说的："此类多人所食。有三种：一是青蓼，人家常用，其叶有圆有尖，以圆者为胜，所用即此也；一是紫蓼，相似而紫色；一是香蓼，相似而香，并不甚辛，好食。"由此可见，蓼常常被古人用来当作食物，也可知道那时候庄稼的产量应该也不高。因为食物不多，人们有时候会用水草来充饥，以弥补粮食不足的尴尬。

蓼是蓼科的一年生草本植物，生长在水边或水中，全草可以入药，而叶或茎则可拿来作染料使用，蓼是靛青染料的原料，可以染作蓝色，是古人的重要染料原料。

蓼明目，耐风寒，下水气，可止霍乱，治小儿头疮。唐代中药学家陈藏器在《本草拾遗》里说："蓼治蜗牛咬毒，对于毒行遍身者，用蓼子煎水浸之，立愈。”这说明蓼对治蜗牛咬毒也有神效。

蓼还有一个作用就是净化水质和土壤环境。1995 年，俄罗斯奥尔登堡大学的生物学家梅格列特意外地发现蓼的叶子中含有异常高的锌、铅、镉等金属，于是，他对蓼产生了兴趣，开始进行研究。他在一些被锌、铅、镉之类金属污染过的土地上种植了大量的蓼，结果这些蓼长得非常茂盛，叶子又大又厚，一个季节就收获了大量的蓼草。梅格列特将这些蓼放入 800 ℃的炉子里烧，草化为灰烬，结果却从中得到了 1.3 千克的镉、23 千克的铅和 322 千克的锌。

蓼从土壤中吸收这些废旧金属，净化了土壤，真可谓是一个优秀的清洁工。单从这一点来看，蓼就比其他的植物们要勤劳多了。

蒲

鱼在在藻，依于其蒲。

王在在镐，有那其居。

——《小雅·鱼藻》

这是一首歌颂统治者善于治国理政、百姓安居乐业的诗歌：群鱼水藻丛中游，贴着蒲草多安详。周王住在镐京城，所居安乐好地方。诗人以鱼和藻的关系，映射百姓与君王的关系；借鱼与藻之乐，比喻百姓安居乐业及君民同乐的和谐氛围。

蒲生池沼中，高近两米，叶长而尖，可编席、制扇。其根茎长在泥里，可食。蒲可食用，在诗经《大雅·韩奕》里有记载："韩侯出祖，出宿于屠。显父饯之，清酒百壶。其肴维何？炰鳖鲜鱼。其蔌维何？维笋及蒲。"

翻译成现代诗文就是：韩侯祖祭出行，住宿在杜陵。显父设宴来饯行，备酒百壶甜又清。用的酒肴是什么？炖鳖蒸鱼味鲜新。用的蔬菜是什么？嫩笋嫩蒲香喷喷。你看，《诗经》里的蒲可是香喷喷的美味佳肴呢，您是不是已闻到了蒲的清香？

我一直认为，蒲是水生植物中少有的"美男子"，高大挺拔，身材颀长，除了蒹葭可与它试比高以外，其他水生植物无法与之企及。蒲年轻时喜欢头顶着青色的蒲棒，模样非常可爱，及至老年，头顶上的蒲棒就变成了棕褐色，蒲就显得老态龙钟了。这时候的蒲棒，是农村人用来驱蚊的好物件。

记得小时候，农村人买不起蚊香，就会采摘蒲棒，将其在太阳底下晒干后，晚上点燃，燃烧的蒲棒就会冒出一丝淡淡的轻烟，发出淡淡的清香，这种烟雾的香味，可以有效祛除蚊子，让人们睡一个安稳觉。

蒲一生守候在农村的沟渠池塘，性内敛，喜安静，耐得住寂寞。在炎热的夏季，蒲不急不躁地站立在水中，周围的炎热似乎与它无关。不过，萤火虫可不像蒲那样文雅，它们打着灯笼到处乱跑，围着蒲跳起了舞蹈。微风吹来，蒲摇曳着自己的身姿，荧光交错，稻田里的青蛙也不甘寂寞，它们鼓起嗓子，放开喉咙，大声歌唱。蒲看着眼前的景象，听着青蛙的鸣唱，也渐渐地进入了梦乡，在梦中，蒲发现自己来到了久远的年代，来到了《诗经》里……

芹

芹指芹菜。但《诗经》里的芹，不是我们今天所说的芹菜。《诗经》里的芹，是一种水芹。水芹别名水英、细本山芹菜、牛草、楚葵、刀芹、蜀芹、野芹菜等。

《颂·鲁颂·泮水》里有这样的诗句："思乐泮水，薄采其芹。"你看，古人高高兴兴地来到泮水河边，去采摘水芹菜。既然"薄采其芹"与泮水有关，这里的芹，当然也就与水有关，指的应该就是水芹菜。

芹古名又叫楚葵，是一年或两年生草本植物，夏天开白色花，茎叶可以吃。芹有水芹和旱芹两种，它们的功能相近，但是药用以旱芹为佳。旱芹由于香气比较浓，所以人们又称其为香芹，今天的人们主要食用旱芹。

除了食用，水芹还可以药用，水芹具有清热、利水的作用，可以治疗黄疸、水肿、淋病、带下、瘰疬、痄腮等症。《本经》上说水芹"主女子赤沃。止血养精，保血脉，益气，令人肥健嗜食"。由此可见，水芹对于女人来说可是好东西呢。都说女人是水做的，生在水里的水芹，当然也是女人的好朋友！

其实，无论是旱芹还是水芹，都可以食用，是一种很好的蔬菜，它们也都具有药用价值。《诗经》里之所以只提到水芹，估计是那时候芹菜是先生长在水里的，后来才逐渐演变，在陆地上栽培。

葵

读《诗经》的人都知道，在《诗经》里，植物常常被古人用来表达爱情。《王风·大车》就是这样一首借植物来表达爱情的诗歌。

大车槛槛，毳衣如菼。
岂不尔思？畏子不敢。
大车哼哼，毳衣如璊，
岂不尔思？畏子不奔。
榖则异室，死则同穴。
谓予不信，有如皦日！

——《王风·大车》

这是一首青年男子向心上人倾诉衷肠的诗歌。年轻男子倾诉了对心上人的思念与爱慕，希望心上人能与自己约会，可又担心心上人不敢来约会，“岂不尔思？畏子不敢”，难道我不思念你吗？就是怕你不敢来与我相会啊！思念至极，男子希望自己的心上人能够与自己私奔，但是又担心心上人不与自己私奔，“岂不尔思？畏子不奔”，难道我不思念你吗？我怕你不敢与我私奔啊！最后，男子用“榖则异室，死则同穴”来表达自己爱恋的决心，不仅如此，还请太阳来为自己作证，“谓予不信，有如皎日"!

正是在男子的表白之下，女子被深深感动了，于是义无反顾地与男子一起携手私奔，浪迹天涯了。

而《大车》里的"穀则异室，死则同穴"也常被后人所引用。不过，今天的我们不像古人那么文绉绉，古人说"穀则异室，死则同穴"，今天我们说"不求同日生，但求同日死"，或者说"今生无缘在一起，只能等到来世再结为夫妻了"。

言归正传，我们还是说说《王风·大车》里提到的植物菼。菼就是初生的荻，禾本科多年生草本植物，其秆直立，高可达 1.5 米，直径约 5 毫米。荻的穗很像芦苇，只是荻的茎秆没有芦苇的高，穗也没有芦苇的大。但是，遍野生长的荻，会给人一种"天苍苍野茫茫，风吹草低见牛羊"的感觉。

荻的适应性非常强，既可生于山坡草地和平原丘陵，也可长于湖畔滩涂、河岸湿地。

田野里到处生长着荻，荻的穗白苍苍的，微风吹来，随风摇摆，煞是好看。此情此景，怎不让人爱意顿生？这时候邀约自己的心上人来此约会，该是一件多么美好浪漫的事情？而能带着心上人一起携手浪迹天涯，此生无憾矣。《王风·大车》里那位希望与心上人约会，希望能带着心上人私奔的年轻男子，最终如愿以偿。见证他们爱情的，不仅有天上的皎日，还有地上初生的荻草。希望他们的生活，也如初生的荻一般，新鲜而富有生命力。

荇　菜

关关雎鸠，在河之洲。
窈窕淑女，君子好逑。
参差荇菜，左右流之。
窈窕淑女，寤寐求之。
求之不得，寤寐思服。
悠哉悠哉，辗转反侧。
参差荇菜，左右采之。
窈窕淑女，琴瑟友之。
参差荇菜，左右芼之。
窈窕淑女，钟鼓乐之。

——《周南·关雎》

大名鼎鼎的“窈窕淑女，君子好逑”就是出自这首诗，至于里面提到的植物荇菜，知名度却不高。

很多人根本就不知道荇菜为何物。荇菜属水生草本植物，其茎细长、柔软而又多分枝。荇菜匍匐生长在水面上，叶片形似睡莲，小巧别致，鲜黄色花朵挺出水面，花多且花期长。

荇菜是乡间沟渠、河塘内常见的水草，在农村的河塘内，荇菜匍匐在水面，充当水面的绿色使者。荇菜生于水，长于水，与乡间的鹅鸭相伴，与水里的鱼儿相伴，随性而又自由。

荇菜是普通的、平凡的、默默无闻的，但也是幸运的、别致的、高雅的，《诗经》的开篇就收入了荇菜，荇菜在诗经里的地位，是其他植物无法比拟的。

荇菜在《唐本》里称为凫葵、《马融传》里称为水葵、《土宿本草》里称为水镜草、《野菜谱》里称为靥子菜，荇菜还有莕菜、莲叶莕菜、水荷叶等别名。明代医药学家李时珍说："按《尔雅》云：荇，接余也。其叶苻。则凫葵当作苻葵，古文通用耳。或凫喜食之，故称凫葵，亦通。其性滑如葵，其叶颇似荇，故曰葵，曰荇。"荇菜具有发汗透疹、利尿通淋、清热解毒的功效。主治感冒发热无汗、麻疹透发不畅、水肿、小便不利、疮肿毒、毒蛇咬伤等病症。原来，这么普通、这么平凡、这么默默无闻的荇菜，居然也属于中药。

荇，去掉草字头就是行，荇菜就是行走在水面的植物，它就像农村的孩子，在水里开心地嬉戏，累了，就匍匐在水面歇会；困了，就卧在水面美美地睡上一觉，没有人关心，也没有人惊扰它，别有一番休闲居士的派头。

藻

思乐泮水，薄采其藻。
鲁侯戾止，其马蹻蹻。
其马蹻蹻，其音昭昭。
载色载笑，匪怒伊教。

——《鲁颂·泮水》

《诗经》里的这首《鲁颂·泮水》这样写道：令人高兴泮水好，来此采摘水中藻。鲁侯莅临有威仪，他的马儿真矫健。他的马儿真矫健，他的声音亮又高。面容和蔼又带笑，并非生气是宣教。

这首诗赞美了鲁侯威严的形象，歌颂了鲁侯的美德，鲁侯治国有方，让人民休养生息，人们自然会对其感恩戴德。这首《鲁颂·泮水》其实也寄托了人们希望过上安定富裕生活的美好希望。

诗中的藻是一种水草，泛指生长在水中的植物，亦包括某些水生的高等植物。有人说《鲁颂·泮水》里的藻是杉叶藻，但不知是否属实。《诗经》里提到藻的还有《召南·采蘋》："于以采蘋？南涧之滨。于以采藻，于彼行潦。"意思是，哪儿可以去采蘋？就在南面涧水滨。哪儿可以去采藻？就在那积水浅沼。根据这句诗的意思，藻可能是指杉叶藻。因为杉叶藻是多年生水生草本，生长在浅水或泥土中。

祭祀是古代的一种习俗，直到今天，祭祀的习俗都还存在。在古代，贵族之女出嫁前必须到宗庙去祭祀祖先，同时学习婚后的相关礼节，《召南·采蘋》描写的就是一位出嫁前的少女去准备祭祀物品的情形："于以奠之？宗室牖下；谁其尸之？有齐季女。"翻译成现代诗文就是：在哪里安置祭品？祠堂那边的窗户底。今天谁是主祭人？少女恭敬又虔诚。少女到浅水中去采藻，就是为祭祀而准备的。

杉叶藻属杉叶藻科，全草细嫩、柔软，产量较高，适于用作猪、禽类及草食性鱼类的饲料。《高原中草药治疗手册》称杉叶藻"入肝、肾、胃三经"，具有凉血止血，养阴生津的功效，同时也可治疗高热烦渴、肠胃发炎。

杉叶藻外形奇特，具有观赏价值，无论是池栽于水中，还是缸养于室内，都能成为一道美丽的风景。杉叶藻的外形有点像水杉的"缩减版"，看起来赏心悦目。

在修饰文采时也常常用到藻，比如：藻拔，指文采出众；藻朗，指文辞清明；藻咏，指以华美文辞咏诵；藻雅，指文辞典雅。对于一些文章中所使用的美丽词语，我们则习惯称为华丽的辞藻。

藻被用来祭祀，又被用于文学词汇中表示褒扬，看来，藻在古时可是很有地位的哩！

藚

泽泻是乡村的女儿，生于湖泊、河湾、溪流、水塘、沼泽、沟渠及低洼湿地。生长在水里的泽泻，因为得到了水的滋润，吸收了日月的精华，所以长得非常水灵。

泽泻花较大，花期较长，可用于花卉观赏。不过，泽泻虽然长得好看，但也是有脾气的，它全株有毒，而且地下块茎的毒性则更大。不过，泽泻虽然有毒，但是，它也是一剂良药。药圣李时珍说："去水曰泻，如泽水之泻也。禹能治水，故曰禹孙。"泽泻利水渗湿，泄热，有利尿、降血压、降血糖、抗脂肪肝、抗菌等作用，主治水肿、肾盂肾炎、小便不利、湿盛泄泻等症。泽泻又乃一剂中草药也。

泽泻是民间的叫法，《诗经》里可不这么叫，而是称为"藚"，音xù。

彼汾一曲，言采其藚。
彼其之子，美如玉。
美如玉，殊异乎公族。

——《魏风·汾沮洳》

这几句诗的意思是：在那滔滔汾河拐弯的地方，有个小伙子采撷泽泻正忙。你看那个勤劳的小伙子啊，品行如美玉一般纯洁高尚。他品行如美玉般纯洁高尚，比王公家的儿郎要优异出众。

这首《魏风·汾沮洳》，写的就是一位妙龄女子，看到自己的心上人在田间水边采摘泽泻、桑叶、羊蹄菜的故事。小伙子的英俊相貌和勤劳的品质深深地吸引了这位姑娘，正所谓情人眼里出西施，在这位姑娘的眼里，这位勤劳英俊的小伙子“美无度”“美如英”“美如玉”，可是胜过任何一个王家公子的。只是，姑娘深爱着自己的心上人，却不敢向心上人吐露心声，只能在诗歌里一诉衷肠。

我行其野，言采其蓫

草本植物

蕑

蕑，读 jiān。

所谓的蕑，即兰草。兰草不出名，但是它的花就出名多了，兰草的花即兰花，与竹、菊、梅被合称为“四君子”。

但是对于它的母本兰草，我们却有些陌生。对此《唐瑶经验方》里说：“近世但知兰花，不知兰草。”不过，在我国，兰草的种植栽培历史已有一千多年。兰草极具观赏价值，其叶铁线长青，其花幽香清远，古人有“兰之香，盖一国”之说，故兰花之香有“国香”之称。

李时珍称“兰乃香草，能辟不祥”。而陆玑在《诗疏》里也说：“郑俗，三月男女秉于水际，以自祓除。”他们的说法，正好佐证了《诗经》里关于兰草的描述。

溱与洧，方涣涣兮。
士与女，方秉蕑兮。
女曰观乎？
士曰既且，且往观乎？
洧之外，洵訏且乐。
维士与女，伊其相谑，赠之以芍药。

——《郑风·溱洧》

诗的意思是说：溱水洧水长又长，河水流淌向远方。男男女女城外游，手拿蕑草求吉祥。女说咱们去看看？男说我已去过一趟。再去一趟又何妨！洧水对岸好地方，地方热闹又宽敞。男女结伴一起逛，相互戏谑喜洋洋，赠朵芍药毋相忘。

“士与女，方秉蕑兮”，说明古时将兰草作为辟邪之物，携带兰草出行是一种习俗。春天百花齐放，正是春游的好时节，男男女女手执兰草去春游。一名女子对一名男子心生爱慕，邀约男子一起春游。可是男子对女子说，自己已经去过了。女子心有不甘，对男子说，再去一趟又何妨？女子对男子的爱恋，溢于言表。女子在与男子游玩过程中“伊其相谑”，可谓是不亦乐乎。而最后，他们“赠之以勺药”，向对方表明了自己的心迹。

兰一般与女子有关。古人称兰为女子之挚友，并由此衍生了一些与此有关的词汇，比如兰闺、兰房、兰室、兰梦、兰兆，甚至有吐气如兰。而南朝诗人鲍照在《芜城赋》里则说：“东都妙姬，南国丽人，蕙心纨质，玉貌绛唇。”将女子的心地比喻如“蕙心”一般纯洁，品质像“兰花”一般高雅。由此衍生出了“兰心蕙质”这个成语，专门用来形容女子美丽善良高雅的品质。

兰与女子有关，不是空穴来风，而是有据可查，有证可考。《淮南子》云：“男子种兰，美而不芳。则兰须女子种之，女兰之名，或因乎此。”兰花似乎是专门为女子而生，男人种植它，虽美但是却不香。而女子种植它，不但美艳，而且芳香无比。

不仅如此，古代文人常把诗文之美喻为“兰章”，把友谊之真喻为“兰交”，把良友喻为“兰客”，由此看来，兰花不仅是女人的专属，也是文人骚客的最爱。而作为诗歌总集的《诗经》，当然要将文人骚客喜爱的兰草收为己用！

蒌 蒿

汉之广矣，不可泳思。
江之永矣，不可方思。
翘翘错薪，言刈其蒌。
之子于归，言秣其驹。

——《周南·汉广》

这句诗的意思是：浩浩汉江多宽广，不能泅渡空惆怅。滚滚汉江多漫长，不能摆渡空忧伤。杂草丛生乱纵横，割下蒌蒿作柴薪。那个女子如嫁我，快饲马驹驾车迎。

《周南·汉广》是一首爱情诗，这首诗写的是男子思念自己喜欢的女子，但是却不能如愿的故事。心上人明明近在眼前，却隔着一条无情的汉江，江面宽又阔，江水宽又长，阻挡了男子对心上人的爱。于是，男子发出了无限的哀戚：我的心上人啊，你可知道在江的对岸，我的心里在思念着你？你可知道，在江的对岸，我是多么痛苦悲伤？

面对着心爱的女子，却无法得到她，男子叹息汉江那么宽阔，自己无法泅渡，只能留下惆怅；叹息江水那么漫长，只能留下无限忧伤。

今天我们不说诗歌里的这位相思男子，还是说说诗歌里提到的植物——蒌蒿。

诗歌里“言刈其蒌”的蒌，就是蒌蒿。说蒌蒿大家不一定知道，但是，说起芦蒿，相信大家即使没有亲眼见过，但是极有可能品尝过。芦蒿是一种可食用的植物，其嫩茎叶可凉拌、炒食，根状茎可腌渍食用。最著名的是芦蒿炒香干，一种大家都喜欢的纯天然绿色菜品。

蒌蒿为菊科蒿属植物，又名芦蒿、水艾、水蒿等。蒌蒿的生命力极强，湿润的林中、山坡、路旁以及荒地等均可以看到蒌蒿的身影。

除了食用，蒌蒿还可入药，有止血、消炎、镇咳、化痰之效，近代发现可用于治疗黄疸型或无黄疸型肝炎，效果良好。

俗话说人过留名，雁过留声。作为植物，一样会在世上留下自己的名声，很多植物也是大名鼎鼎，人们常常以“名花”“名草”“名树”“名木”冠之。比如牡丹、灵芝、帝王树、轩辕柏等。当然，作为只有60~150厘米高的菊科蒿属植物，蒌蒿无法与牡丹媲美，更无法与名树名木争名比高，但是，蒌蒿能够出现在《诗经》里，也算是幸运的。

芍药

芍药属毛茛目毛茛科芍药属多年生草本植物。

芍药与牡丹齐名，常被人们相提并论。而牡丹有花中之王之称，芍药则有花中丞相之美誉。由此可见，在花的王国中，芍药是牡丹的辅助大臣，得力助手。

医药学家李时珍说："芍药，犹约也。约，美好貌。"看到芍药这个名字，让人首先想起的词汇是绰约、婉约。绰约一般用来形容女子美丽的体态身姿，比如绰约多姿、风姿绰约等。婉约则表达一种气质，意为委婉、含蓄、柔美。

俗话说，谷雨看牡丹，立夏观芍药。芍药的花期比较迟，等到牡丹花谢了，芍药才渐渐绽放。芍药盛开在六月，因此，观赏芍药的最佳季节是六月，正因如此，芍药也被封为"六月花神"。唐代大诗人韩愈写《芍药歌》赞美芍药："丈人庭中开好花，更无凡木争春华。翠茎红蕊天力与，此恩不属黄钟家。"在诗人韩愈看来，芍药是最美的花，没有哪种花能够与之相媲美。芍药翠绿的茎、艳红的蕊是上天赐予的，因此，芍药的美是天然的，不加修饰的。唐代诗人元稹的《红芍药》，更是描写了芍药花开的美丽情景："翦刻彤云片，开张赤霞裹。烟轻琉璃叶，风亚珊瑚朵。受露色低迷，向人娇婀娜。"如此美景，怎能不让人心旷神怡？

芍药又名将离、离草、婪尾春、余容、犁食、没骨花、黑牵夷。

而将离与离草的别名，又为芍药蒙上了一层伤感与不舍的色彩。正是因为芍药含有离别的意思，所以，在《诗经》中，芍药也被年轻的男女用作传情之物，临别时赠送芍药，用以表达自己对对方的爱恋与不舍。

维士与女，伊其将谑，赠之以芍药。

——《郑风·溱洧》

古人在分别时喜欢以芍药相赠，就是用芍药的别名将离来暗喻即将到来的离别，这无疑寄托了古人依依不舍之情。唐代大诗人杜牧有诗云："闲吟芍药诗，怅望久颦眉。"你看，闲暇时吟诵芍药诗，就会让人愁绪顿生，变得无比惆怅，眉头紧锁。此情此景，怎能一个"愁"字了得！

竹

竹是一种生长在乡间的植物，与梅、兰、菊并称为“四君子”，与梅、松并称为“岁寒三友”。

竹子枝秆挺拔修长，凌霜傲雪，忍严寒耐高温，从来不会向风霜雨雪低头，其品质备受国人喜爱。而竹子四季青翠，观赏时令人心情愉悦，这样的植物，自然会赢得古人的青睐，自古以来，文人骚客都会写诗作赋，赞美讴歌竹子。

瞻彼淇奥，绿竹猗猗。
有匪君子，如切如磋，如琢如磨。
瑟兮僩兮，赫兮咺兮。
有匪君子，终不可谖兮。
瞻彼淇奥，绿竹青青。
有匪君子，充耳琇莹，会弁如星。
瑟兮僩兮，赫兮咺兮。
有匪君子，终不可谖兮。
瞻彼淇奥，绿竹如箦。
有匪君子，如金如锡，如圭如璧。
宽兮绰兮，猗重较兮。

善戏谑兮，不为虐兮。

——《卫风·淇奥》

翻译成现代诗文就是：看那淇水河湾，翠竹挺拔修长。有位美貌君子，骨器象牙切磋，翠玉奇石雕琢。气宇庄重轩昂，举止威武大方。有此英俊君子，谁能忘得了他！看那淇水河湾，翠竹郁郁葱葱。有位美貌君子，耳嵌美珠如玉，帽缝宝石如星。气宇轩昂庄重，举止威武大方。有此英俊君子，谁能忘得了他！看那淇水河湾，翠竹聚合竞茂。有位美貌君子，好似金银璀璨，有如玉璧温润。气度旷达宏大，倚乘卿士华车。妙语如珠活跃，待人体贴温和！

古人由竹子的挺立修长，联想到谦谦君子的英俊挺拔形象和虚怀若谷的内在品质；由赞美竹子，延伸到赞美人的相貌品德。竹子代表正直、坚韧的品格，因此备受古人喜爱。魏晋年间，名士嵇康、阮籍、山涛、向秀、刘伶、王戎及阮咸，常聚在当时的山阳县（今河南辉县、修武一带）的竹林之下把酒吟诗，后人称其为“竹林七贤”。竹子也代表高洁、纯贞的品质，因此，竹子也被人们用来象征男女之间的友情。我们有一个耳熟能详的成语叫青梅竹马，就是比喻男女儿童在一起玩耍时的那种天真无邪的感情。唐代大诗人李白有诗云：“郎骑竹马来，绕床弄青梅。同居长干里，两小无嫌猜。”描写的就是男女之间“两小无猜”的纯真友谊。

竹子像一位隐士，隐于山林，隐于乡野。不过，竹子虽然是隐士，却属于群居植物，它成片生长，鲜有单株。竹子的生长能力非常强，民间自古有“竹子过墙不过路”的说法，意思是说只要土壤疏松，竹子的地下根茎就能恣意生长，甚至穿透围墙的拦阻。竹子的根茎不仅在地下延伸，它还会随时探出地面，路上因为有人车经过，因此竹子很难存活，于是就有“不过路”的说法。

竹子还可以入药，《本草纲目》中记载，竹子有清热泻火，有生津利尿的作用。大医士陶弘景说：“竹类甚多，入药用簟竹，次用淡、苦竹。”汉代名医张仲景用竹入药做竹叶汤，且只用淡竹。看来，竹子入药也是有讲究的，需要再三挑选，反复斟酌。

卷　耳

卷耳又名苍耳。

苍耳就像一个流浪者，浪迹四野，四处为家。秋后，田里的庄稼已经收割，在田头地边，在河畔沟旁，我们可以见到满身结满了带刺果实的苍耳。此时的苍耳已经不再年轻，变得老态龙钟，它的果实也褪去了青色，成为黄褐色。苍耳的果实叫苍耳子，浑身长满了钩刺，只要有动物从自己的身边经过，苍耳子就趁机粘到动物的身上，然后由动物带着它浪迹天涯，最后在哪里落地，就在哪里安家。

苍耳在我们家乡，被称为是“棉草狼”。顾名思义，苍耳就是植物中的“狼”。既然是狼，那么多少会带点野性，这从苍耳的性格中可以看出。植物是动物的食物，但是，苍耳对于动物，却从不畏惧，无论是温顺的绵羊，胆小的兔子，还是凶猛的狮子、豹子、老虎，苍耳“照单全收”，毫不留情地用它的钩刺，拼命地扎到它们的身上。

苍耳既然叫棉草狼，说明它也像狼一样，喜欢群居。田野里，只要有苍耳的地方，就是成群结队。它的适应性非常强，对于脚下的土地，苍耳从来不挑剔，只要是土壤，它就能扎根，只要有水分，它就能生长。

苍耳是一年生草本植物，医药学家李时珍说：“其叶形如麻，又如茄，故有枲耳及野茄诸名。其味滑如葵，故名地葵，与地肤同名。”苍耳全株都有毒，但也可入药，《本草纲目》中记载苍耳有发散风寒，宜通鼻窍，祛风除湿，止痛止痒的功效，主治风寒头痛、风湿痹痛、疥癣、荨麻疹、风疹、疔疮痈肿、寻常疣。苍耳还可以降血糖、降血压、治麻风，其种子利尿、发汗。苍耳的茎叶捣烂后涂敷，可以治疥癣，虫咬伤等。

苍耳在《周南·卷耳》里叫卷耳："采采卷耳，不盈顷筐。嗟我怀人，寘彼周行。"其诗云：一个已婚的女子，在田野里采摘苍耳，不由得思念从军的丈夫，"采呀采呀采卷耳，半天不满一小筐。我啊想念心上人，菜筐弃在大路旁"。女子在采摘苍耳时，由于思念丈夫心切，就扔掉了采摘了一半的菜筐，一心一意地去想念自己的丈夫。有评论称，《卷耳》为中国诗歌长河中的怀人诗开了一个好头，其深远影响光泽后世。

蓫

蓫，即蓫薚，念 zhú tāng。

蓫薚属商陆科，是多年生草本植物，主要广布于长江以南红壤低丘陵地区，又叫章柳、白昌、马尾、夜呼，在民间的名字则叫羊蹄菜。羊蹄之名出自《神农本草经》，大医学家陶弘景曰：“羊蹄今人呼名秃菜，即是蓄音之讹。”人们根据蓫薚的形态，又将其称为大苋菜、山萝卜、花商陆、胭脂等。蓫薚的根肥厚，肉质，圆锥形，因为形态极似土人参，因此也会被误当作土人参来栽种。

蓫薚的根可入药，入药时的蓫薚叫商陆。商陆具有通二便，逐水、散结，治水肿、胀满、脚气、喉痹的作用，外敷可以治痈肿疮毒，也可用作兽药及农药。

大隐隐于市，小隐隐于野。这话用在蓫薚身上挺合适。蓫薚既隐于市，也隐于山野。隐于山野的叫蓫薚，隐于市的叫商陆。

我行其野，蔽芾其樗。
昏姻之故，言就尔居。
尔不我畜，复我邦家。
我行其野，言采其蓫。
昏姻之故，言就尔宿。

尔不我畜，言归斯复。

我行其野，言采其葍。

不思旧姻，求尔新特。

成不以富，亦祇以异。

——《小雅·我行其野》

《诗经》中的这首诗翻译成现代诗文就是：独自行走郊野，樗树枝叶婆娑。因为婚姻关系，才来同你生活。你不好好待我，我只好回到故乡。独自行走郊野，采摘羊蹄野菜。因为婚姻关系，日夜与你同在。你不好好待我，回乡后我不再来。独自行走郊野，采摘葍草细茎。不念结发妻子，却把新欢找寻。诚非因为她富，恰是你已变心。

一位悲伤的女子，遇人不淑，婚后老公不仅不好好对待她，还喜新厌旧，另觅新欢，谁能理解这位女子悲愤而又痛楚的内心？都说蓫薚具有消肿、散结的药效，可怜这位伤心的女子，采摘一大把蓫薚，却不能祛除自己内心的郁结。负心的人啊，既然你已经变心，就休怪我离家出走，我既然离开了，就永远也不会再回来……

《诗经》里的植物就是这么具有灵性，人们病了，伤了，痛了，采摘一把中草药，就可以祛除病痛，恢复健康。可是，纵使草药具有千般功效，万般灵验，又怎么能治疗人们的情感之伤？又怎么能祛除人们的内心之痛呢？

莪

菁菁者莪，在彼中阿。

既见君子，乐且有仪。

菁菁者莪，在彼中沚。

既见君子，我心则喜。

菁菁者莪，在彼中陵。

既见君子，锡我百朋。

——《小雅·菁菁者莪》

《诗经》里这首《小雅·菁菁者莪》提到的莪是一种植物，即莪蒿。而“菁菁者莪”形容的是莪蒿葱茏繁茂的样子。

莪蒿是多年生草本植物，也叫萝、萝蒿、廪蒿，它的叶像针，花呈黄绿色。莪蒿一般生在水边，其嫩茎叶可作蔬菜。在民间，莪蒿一般被称为抱娘蒿，因为莪蒿抱根丛生，很像几岁的孩童黏着父母的情状，医药学家李时珍在《本草纲目》说：“莪抱根丛生，俗谓之抱娘蒿。”由此可见，莪蒿属于丛生。

《小雅·蓼莪》里说：“蓼蓼者莪，匪莪伊蒿。哀哀父母，生我劬劳。蓼蓼者莪，匪莪伊蔚。哀哀父母，生我劳瘁。”这句诗的意思是说：那高高的植物是莪蒿吗？原来不是莪蒿，是没用的青蒿。我可怜的父母啊，为了养育我受尽了辛劳！那高高的植物是莪蒿吗？原来不是莪蒿，是没用的牡蒿。我可怜的父母啊，为了养育我竟积劳成疾！

诗人用莪蒿来代表父母的劳动价值，当得知不是莪蒿，而是没用的青蒿、牡蒿时，伤心、失望、难过之情溢于言表。诗人用莪蒿来代表父母的劳动价值，可见莪蒿在古人眼中的地位之高，但是让人难过的是，那些无用的青蒿、牡蒿却侵占了父母的良田，这让父母吃什么呢？儿女对父母的体恤之情跃然纸上。

《菁菁者莪》描述了莪蒿生长的繁茂，《蓼莪》则阐述了莪蒿对于人类的重要。是啊，俗话说民以食为天，食物对于人来说自然是极其重要的，而莪蒿恰恰扮演了这一角色。虽然今天莪蒿已经退出了人们的食谱，不再作为人们的食物，但是，这不影响它在古人心中的重要性，也不影响它在《诗经》中的地位。

蔚

蔚是一个美丽的汉字，代表草木茂盛，被引申为盛大之义，比如蔚为大观。蔚也代表一种颜色，比如蔚蓝的天空，蔚蓝的大海。但在《诗经》里，蔚指的是一种植物。

《小雅·蓼莪》有诗曰："蓼蓼者莪，匪莪伊蔚。哀哀父母，生我劳瘁。"在这首诗里，蔚以无用的杂草形象来反衬可以食用的莪蒿，更加突出了莪蒿的食用价值和在人们心目中的地位。

蔚在古时被称为牡蔵，在今天则叫牡蒿，它还有很多俗名，比如又叫齐头蒿、水辣菜 、土柴胡、假柴胡、铁菜子、菊叶柴胡、油艾、熊掌草、白花蒿等。作为多年生草本植物，牡蒿的嫩叶是可以食用的，只是没有人愿意食用它而已。但幸运的是，牡蒿具有清热、解毒、消暑、去湿、止血、消炎、散瘀之功效，全草均可入药，这就改变了牡蒿在《诗经》里的杂草和无用的形象。牡蒿可以治感冒、咳嗽、小儿疳热，还可以治疗疟疾、口疮、疥癣、湿疹。治疗疥疮湿疹时，只要用牡蒿煎水洗患处即可。至于治喉蛾，可将一至二两牡蒿鲜草切碎，水煎服。

原来在《诗经》里被当作杂草的牡蒿，还有这么多的治病功效，都说人不可貌相，看来，植物也不可貌相啊！

白　茅

野有死麕，白茅包之。

有女怀春，吉士诱之。

——《召南·野有死麕》

这是诗经《召南·野有死麕》里的诗句。意思是：野地死了香獐子，白茅将其包裹起。少女怀春心不已，美男善诱情意起。

这里的白茅，指的是一种草。

白茅又名丝茅，是禾本科白茅属多年生草本植物，因叶似矛得名。白茅的枝叶柔软、有韧性，可用来捆绑其他东西。《小雅·白华》里说：“白华菅兮，白茅束兮。”意思是：芬芳菅草开白花，白茅束好送给他。这里的白茅就被古人用来当作绳索之用。

白茅的根叫茅根，也叫茹根，医药学家李时珍说：“茅叶如矛，故谓之茅。其根牵连，故谓之茹。易曰，拔茅连茹，是也。”拔茅连茹是一句成语，本义是拔茅草连带着拔出了茹根，引申义是比喻互相推荐，用一个人就连带引进许多人。这可是典型的褒义词，让白茅的形象一下子高大起来。

在《诗经》里，白茅还被称作荑，读 tí。《邶风·静女》有诗曰：“自牧归荑，洵美且异。”意思是去牧野采荑草回来送给我，荑草确实美得特别。这里的荑，意思是茅之始生也，指的是初生的白茅。

也许是初生的都是美好的，当白茅被称为荑时，白茅就变得美丽起来，《卫风·硕人》有诗云：“手如柔荑，肤如凝脂，领如蝤蛴，齿如瓠犀。螓首蛾眉，巧笑倩兮，美目盼兮。”其中一句“巧笑倩兮，美目盼兮”，几千年来一直被后人所传唱。

诗人用柔荑来形容女子手就像初生的茅草一样柔软。与白茅在《诗经》其他诗歌中地位低下的形象相比，荑可是为白茅扳回了不少印象分！

苓

采苓采苓，首阳之巅。
人之为言，苟亦无信。
舍旃舍旃，苟亦无然。
人之为言，胡得焉？

——《唐风·采苓》

《唐风·采苓》是一首劝说世人不要听信谗言的诗。这句诗的意思是：攀山越岭采苓啊采苓，那苦人儿伫立在首阳山顶。无聊小人制造着她的闲话，不要信啊没有一句是真情。干脆抛弃它们吧，抛弃它们，切莫信，清者自然清。那些造谣生事的长舌妇们，最终还是竹篮打水一场空！

这里的苓，后人有四种说法 ，一说甘草，一说卷耳，一说黄药，一说地黄。但是根据另一首《邶风·简兮》“山有榛，隰有苓” 的描述，基本可以排除甘草的说法，因为甘草多生长在干旱、半干旱的荒漠草原、沙漠边缘和丘陵地带。而卷耳在《诗经》里亦以卷耳的名字出现过，因此，苓是卷耳的说法亦不可信。那么，剩下来的可能只有黄药和地黄。

我们先来看看地黄的生长习性，地黄生于海拔 50~1100 米的山坡及路旁荒地等处，因其地下块根为黄白色而得名。按照生长习性，苓有可能是地黄。

我们再来看看黄药。黄药喜阴湿，海拔几十米至2000米的高山地区都能生长，多生于河谷边、山谷阴沟或杂木林边缘，房前屋后或路旁的树荫下也能生长。按照“采苓采苓，首阳之巅”和“山有榛，隰有苓”的说法，黄药也符合苓的生长习性。

苓到底是什么？虽然暂时不能确定，但是，可以明确的是，苓是一种药材，有种说法称苓为一种苦药。按照这样的解释，苓比较符合黄药的特性，因为黄药性味苦、平、无毒。而地黄性味甘、寒、无毒。如此看来，我们姑且将苓解释为现代的黄药。

蘩

于以采蘩？于沼于沚。

于以用之？公侯之事。

于以采蘩？于涧之中。

于以用之？公侯之宫。

——《召南·采蘩》

《诗经》里的这首《召南·采蘩》记载了采蘩的地点及用处。古人到哪里采蘩？池沼、山涧之中。古人采蘩做什么？公侯宗庙祭祀用。显然，这里的蘩，是用来祭祀的。可见，蘩的用途和地位在古代非同一般。

诗经里所说的蘩，就是现在的白蒿。《说文》曰："蘩，白蒿也。"白蒿是一种多年生轴根小半灌木，白色微柔毛，其茎、枝、叶上有白色微柔毛，因此被称为白蒿。

对于白蒿，明代医药学家李时珍是这样说的："白蒿有水陆二种，《尔雅》通谓之蘩，以其易蘩衍也。曰：蘩，皤蒿。即今陆生艾蒿也，辛熏不美。曰：蘩，由胡。即今水生蒌蒿也，辛香而美。曰：蘩之丑，秋为蒿。"由此可见，白蒿有水生和陆生两种。再回头看《采蘩》中"于以采蘩？于沼于沚""于以采蘩？于涧之中"两句，由此可见，古人所采的白蒿应该是水生白蒿。

白蒿是一种多年生轴根小半灌木。春季返青早，生长快，三月中旬至四月开始生长，八月中旬开花，九月初结实，十月初成熟。“春日迟迟，采蘩祁祁”，说明古人采摘的是初生的白蒿，因为白蒿的嫩茎叶可以食用。更重要的是，白蒿在古代是祭祀用品，可见古人对于白蒿是相当重视的。不像今天，我们已经将白蒿当成了杂草，直到生活条件好转了以后，人们开始追求健康养生，才把它当作野味来品尝，比如拌上一些面粉，蒸熟后，调好蒜泥蘸了吃；也可凉拌，将白蒿放在沸水中煮一下，捞出晾凉，拌上蒜泥，加入香油、精盐等调料，一道鲜美的凉拌菜即就呈现在眼前啦！

蝱

蝱读 méng。

诗经《鄘风·载驰》里有“陟彼阿丘，言采其蝱”的诗句。这里的蝱，指的是一种植物，就是今天的贝母草。

贝母为多年生草本植物，别名勤母、苦菜、苦花、空草，因其形状酷似贝母而得名。《本草经集注》里说：“形似聚贝子，故名贝母，能止咳化痰、清热散结之功。”贝母能散心胸郁结之气，这在《诗经》里就得到了体现，《鄘风·载驰》诗云：“陟彼阿丘，言采其蝱。女子善怀，亦各有行。许人尤之，众稚且狂。”

据《左传·闵公二年》记载：“冬十二月，狄人伐卫，卫懿公好鹤，鹤有乘轩者，将战，国人受甲者，皆曰‘使鹤’。……及狄人战于荥泽，卫师败绩。”当卫国被狄人占领以后，许穆夫人挂念自己的父亲，心急如焚，日夜兼程赶到曹邑，吊唁祖国的危亡，写下了这首诗。

许穆夫人因为亡国而忧郁，更挂念父亲的安危，在赶往故国的途中，采摘贝母草用以治疗、缓解自己的忧郁。但是，许穆夫人的善良和大义，却不被夫君所在的许国人所理解，于是，许穆夫人更加郁闷和悲愤。

现代常用的贝母包括川贝母、浙贝母和土贝母三种，它们的名字虽然相似，但功效却大不相同，其中以川贝母为上品。将川贝母用作主要成分的药品有很多，例如川贝枇杷止咳露、川贝秋梨膏等，这些都是我们常见的中成药。

贝母具有药用价值，除了能散心胸郁结之气外，贝母可以润肺，可用于肺热咳嗽、干咳少痰、阴虚劳嗽、咯痰带血等症的治疗。

古人称贝母为蝱，李时珍是这样说的：“《诗》云言采其蝱，即此。一作虻，谓根状如虻也。”根据其根茎形状，称贝母为蝱，这个名字倒是名副其实，这也让古人从浪漫主义一下子回归到现实主义。

贝母作为一种极常用的药材，可以说家喻户晓，即便在古代，贝母也算是声名显赫了。要知道，它可是经过许穆夫人之手采摘的一剂良药呢！

堇

诗经《大雅·绵》里有“周原膴膴，堇荼如饴”的诗句，意思是：岐山周围的平野肥美无比，种植堇菜、苦菜甘甜如饴。这里的堇，指的是一种植物，即堇菜。

堇菜为多年生草本、半灌木或小灌木，它一般生于湿草地、山坡草丛、灌丛、田野、宅旁等处。堇菜科的种类有很多，如匍茎堇菜、三色堇、心叶堇菜、紫花堇菜、大叶堇菜、箭叶堇菜、庐山堇菜、毛果堇菜、南山堇菜、紫花地丁、早开堇菜等，它们都属于堇菜科大家庭中的一员。其中，三色堇比较特别，因其花朵通常有紫、白、黄三色，故名三色堇。

堇菜开白色或淡紫色花。在《诗经》中，堇菜和苦菜一样，是被古人用来食用的，所以，《诗经》里才有“堇荼如饴”的说法。

因为土地肥沃，所以，种植出来的堇菜和苦菜，竟然像饴糖那样甘甜，这说明，肥沃的土壤总是适合植物生长的，对于植物的口味和营养也是有影响的。其实，贫瘠的土地上，确实长不出好庄稼，所以，人们常用“地瘠人穷”来形容一个地方的贫富状态：土地贫瘠，生长不出好庄稼，自然不会有好收成。没有好收成，人们的生活自然就不会富裕，只能陷入贫穷困顿之中。

芑

“薄言采芑，于彼新田，呈此菑亩”是诗经《小雅·采芑》里的诗句，意思是：在行军间隙采芑菜，从那片去年刚开垦的新田，转到这块未开垦的处女地。

在《诗经》里，有的植物以多种名字出现，如白茅（《小雅·白华》）和荑（《邶风·静女》）指的都是白茅，堂（《秦风·终南》）和杜（《小雅·杕杜》）指的都是棠梨。也有一些植物，属于同一个名字，但是指的却不是同一种植物，如有的荼（《豳风·七月》《大雅·绵》）指的是苦菜，也有荼（《郑风·出其东门》《颂·周颂·良耜》）指的是茅草或者茅草花。

芑在《诗经》里亦是如此。在《大雅·生民》里，芑指的是白粱粟，但是在《小雅·采芑》里，芑指的是一种苦菜。

《小雅·采芑》里的芑，有解释称芑是一种苦菜，但是具体没指什么苦菜。首先可以推断，芑不大可能是荼（苦菜），而只是苦菜的一种。因此，有解释称芑是山苦荬。从山苦荬的嫩根和叶可食用的用途来看，这种解释倒是比较合理。而根据资料记载，民间食用山苦荬已有两千多年的历史，这个范围也覆盖了《诗经》时代的人们，所以，我们姑且将《小雅·采芑》里的芑解释为山苦荬。

山苦荬别名又叫苦菜、节托莲、小苦麦菜、苦叶苗、败酱、苦麻菜、黄鼠草、小苦苣、活血草、陷血丹、小苦荬、苦丁菜、苦碟子、光叶苦荬菜、燕儿衣、败酱草等，山苦荬生于山地及荒野，它的独特之处在于其在新鲜的时候没什么怪味，但是一旦晒干后，就会有强烈的异味，如同脚臭。这就解释了它的别名为什么会叫败酱和败酱草，晒干后的山苦荬，就像坏了的酱一样难闻。

山苦荬可以入药，其功效主要是清热解毒凉血、消痈排脓、祛瘀止痛，可以用于治疗咳吐脓血、热毒疮疔、疮疖痈肿、胸腹疼痛、阑尾炎、肠炎、痢疾、产后腹痛、痛经等病症。山苦荬配红花、山楂等药，可治产后瘀血，腹中刺痛等症。据说，山苦荬的败酱味越浓，效果越好。

山苦荬的嫩根和叶可食用，古人采食的也是山苦荬的嫩根和叶，晒干后的山苦荬则可作药用。不过，古人主要还是以食用为主。所以，山苦荬在古时，也属于食用蔬菜的范畴了。

藿

皎皎白驹，食我场苗。

……

皎皎白驹，食我场藿。

——《小雅·白驹》

诗经《小雅·白驹》里的这句诗的意思是：光亮皎洁的小白马，吃我园中的嫩豆苗；光亮皎洁的小白马，吃我园中的嫩豆叶。这里的藿指的是豆叶。

现代对汉字“藿”的解释有三种：一指豆叶，二指藿食，三指藿香。藿食指粗食；藿香指一种植物；从“皎皎白驹，食我场藿”这句诗来看，藿在《诗经》里应该指的是豆叶，因为豆叶是小马驹喜欢吃的食物。

要想知道藿是什么豆叶，我们还是来看看《诗经》里提到了哪些豆类植物。

在《诗经》里，最重要的豆类植物是大豆，也就是我们所说的黄豆。但是，大豆在《诗经》里不叫大豆，也不叫黄豆，而叫菽。古人的粮食作物里，“黍稷稻粱，禾麻菽麦”是古时的八谷，这八谷中，只有菽是豆类植物。因此，单纯从古时的庄稼植物来看，藿应该是大豆的叶子。

不过，在古人所食用的植物中，还有一些植物也属于豆类，比如

《小雅·采薇》里就有“采薇采薇，薇亦作止”的诗句，这里的薇，指的也是一种植物，即野豌豆。野豌豆是豆科多年生草本植物，也属于豆类，那么藿会不会是野豌豆的叶子呢？从“皎皎白驹，食我场苗”“皎皎白驹，食我场藿”来看，这里的苗与藿都是生长在园子中，也就是说，豆类植物是古人专门种植的，这种情况比较适合菽，因为菽是古时的八谷，古人种植的庄稼之一。

不过，对于藿，也有不同的解释，比如，《广雅·释草》就将藿解释为豆角的叶子。豆角又叫豇豆，《广雅·释草》中说：“豆角谓之荚，其叶谓之藿。”不过，在《诗经》里，并没有提到豆角这种植物。而据史料记载，北宋《图经本草》里方有豇豆的记载，说明豆角的出现晚于《诗经》年代，藿也就不可能是豆角的叶子。

而对于豆类植物，古人并不称为豆，而古人称豆的也并不是豆类植物，如“昂盛于豆，于豆于登，其香始升”(《大雅·生民》)，这里所说的豆，并非是植物，而是一种高脚容器。

荏

诗经《大雅·生民》里有这样一句诗："蓺之荏菽，荏菽旆旆。禾役穟穟，麻麦幪幪，瓜瓞唪唪。"这里的荏，指的是一种植物，即苏子。

苏子是唇形科紫苏属一年生草本植物，又名苏、紫苏、白苏、桂荏、荏子、赤苏、红苏、香苏、黑苏、白紫苏、青苏、野苏、苏麻、苏草、唐紫苏、皱叶苏、鸡苏、臭苏、大紫苏、假紫苏、水升麻、野藿麻、聋耳麻等。

苏子嫩叶可食，种子可榨油。由此看来，苏子也算是经济作物了。苏子有紫苏和白苏之分，紫苏多为药用，白苏既可食用也可榨油。紫苏在中国种植约有两千年历史，明代医药学家李时珍曾记载："紫苏嫩时有叶，和蔬茹之，或盐及梅卤作菹食甚香，夏月作熟汤饮之。"由此可见，紫苏可以作为蔬菜食用，也可以用来煲汤。

对于苏子，我可是再熟悉不过的了，在老家，苏子虽然没有大面积种植，但是，农村人会在田头沟边种植一些苏子，这些苏子密密麻麻地生长在一起，散发出独特的难闻的气味。所以，小时候对于苏子，我们一般都很少去招惹它们。

苏子成熟后，将整棵苏子砍回家，在场上晒干，用脱粒农具链枷击打，将苏子的种子剥离下来。因为年幼，不知道苏子最后被大人送到了哪里。不过，那时候供销社是收购农民手中的经济作物的，比如鸡蛋啊，棉花啊。估计，苏子的种子最后也被卖给了供销社吧！

苏子用途很广，幼苗和嫩叶可以食用，真想不到那么难闻的苏子，竟然还可以食用。不过，这也不奇怪，味道难闻的可以食用的植物多着呢，比如，散发出难闻气味的薄荷，其嫩叶也是可以食用的。

蓷

中谷有蓷，暵其乾矣。
有女仳离，嘅其叹矣。
嘅其叹矣，遇人之艰难矣！
中谷有蓷，暵其脩矣。
有女仳离，条其啸矣。
条其啸矣，遇人之不淑矣！
中谷有蓷，暵其湿矣。
有女仳离，啜其泣矣。
啜其泣矣，何嗟及矣！

——《王风·中谷有蓷》

这里的蓷读 tuī，是一种植物，即今天我们所说的益母草。

还是来翻译一下这首诗的意思：山中一棵益母草，根儿叶儿都枯槁。有个女子被抛弃，一声叹息一声号。一声叹息一声号，嫁人艰难谁知道！山谷一棵益母草，根儿叶儿都干燥。有个女子被抛弃，长长叹息声声叫。长长叹息声声叫，嫁个恶人真懊恼！山谷一棵益母草，干黄根叶似火烤。有个女子被抛弃，一阵抽泣双泪掉。一阵抽泣双泪掉，追悔莫及向谁告！

《王风·中谷有蓷》是《诗经》中的一首怨妇诗，它借益母草的衰败来比喻女子被抛弃的凄惨命运。

益母草，又名茺蔚、坤草、九重楼、云母草、森蒂，为唇形科益母草属植物，生于山野荒地、田埂、草地等处。

益母草为药用植物，具有温经养血、去瘀止痛的功效，所以，益母草常被用于治疗妇女月经不调、胎漏难产、胞衣不下、产后血晕、瘀血腹痛、崩中漏下等病症，益母草还能对子宫起强而持久的兴奋作用，不但能增强其收缩力，同时能提高其紧张度和收缩率，所以，也可用于帮助流产。

对于益母草名字的由来，《本草正》说："益母草，性滑而利，善调女人胎产诸证。故有益母之号。"不过，虽然益母草善调女人胎产诸证，但是，也不是万能良药。《本草正》又说："然不得以其益母之名，谓妇人所必用也。盖用其滑利之性则可，求其补益之功则未也。"也就是说，虽然益母草对于女人来说有很多益处，但是也不是人人都能适用的，用益母草来调理身体可以，但用益母草来滋补身体，则未必能达到想要的效果。

其实，很多农村人对于益母草并不陌生，益母草开紫色小花，苏北人误称它为"橄榄草"。每年的端午节，我们这里有一个习惯，就是用艾草和益母草泡水为孩子洗澡，据说具有避免生疮和避邪的作用。小时候每到端午节，家家户户都会烧一大锅热水，倒进准备好的洗澡盆里，将从田野里采来的艾草和益母草洗净，放入热水，等待水温渐渐适应人的体温，艾草和益母草的成分也就被浸泡出来，空气中满是艾草和益母草的味道。这时候，大人就会把孩子放进洗澡盆，帮助孩子洗澡。洗完后，在孩子的肚脐眼、耳朵、鼻孔等处蘸一点雄黄酒，再为孩子的脖颈、手腕、脚腕上戴上五颜六色的花绒线，让孩子过一个健康祥和的端午节。

端午节用艾草和益母草洗澡，这种习俗是有一定道理的。益母草具有活血、祛淤的作用，艾草也有温经、去湿、散寒、止血、消炎、抗过敏等作用。只是，那时候我们不知道自己所说的“橄榄草”其实是益母草，及至看到益母草的图片介绍才恍然大悟，哦，原来益母草就是我们常见的被我们误称为“橄榄草”的植物。

益母草对女人如此关怀，《诗经》自然会予以关注，一篇《中谷有蓷》，也将益母草推到了世人的眼前。

萧

蓼彼萧斯，零露湑兮。

既见君子，我心写兮。

燕笑语兮，是以有誉处兮。

蓼彼萧斯，零露瀼瀼。

既见君子，为龙为光。

其德不爽，寿考不忘。

蓼彼萧斯，零露泥泥。

既见君子，孔燕岂弟。

宜兄宜弟，令德寿岂。

蓼彼萧斯，零露浓浓。

既见君子，鞗革忡忡。

和鸾雝雝，万福攸同。

——《小雅·蓼萧》

这些诗句描写了萧生长茂盛的样子。

萧就是艾蒿，菊科多年生草本植物，也叫艾草或蕲艾，嫩叶可食，叶子有香气。《王风·采葛》里还有“彼采艾兮，一日不见，如三岁兮”的诗句，这里的艾，今人解释也是指艾蒿。

对于艾蒿，我们并不陌生，这是农村常见的一种植物。在老家，每年的端午节，家家都有在门前屋檐下插艾的习俗。

艾蒿具有去湿、散寒、止血、消炎的功效，此外还具有杀虫的作用，所以，小时候在农村，由于没有钱买蚊香，夏季人们常常会用晒干的艾蒿来熏房间，以达到驱蚊虫的作用。被艾蒿熏过的房间充满了燃烧后的艾蒿的味道，蚊子因此避而远之，人们就可以睡个安稳觉了。

谖　草

谖草又名萱草、宜男、益男草、疗愁、鹿箭，在农村的名字则叫黄花菜、金针菜。

《卫风 · 伯兮》里说：“焉得谖草？言树之背。愿言思伯，使我心痗。”这是一首妻子思念远行出征丈夫的诗，意思是：哪儿去找谖草？它就种在屋北面。一心想着我的丈夫，使我伤心病恹恹。

因为《诗经》里的这句诗，谖草又被称为忘忧草，成为忘忧的代名词，被诗人用来抒发忧愁。唐代诗人白居易有诗云：“杜康能散闷，萱草解忘忧。借问萱逢杜，何如白见刘？”同时代的韦应物也写了《对萱草》一诗。

何人树萱草，对此郡斋幽。
本是忘忧物，今夕重生忧。
丛疏露始滴，芳余蝶尚留。
还思杜陵圃，离披风雨秋。

诗人借萱草来抒发离愁，也间接比喻和见证了醇厚的朋友之情。

在老家，谖草不叫谖草，也不叫萱草，而是叫黄花菜。黄花菜是一道非常鲜美的蔬菜，很多人都非常喜欢。新鲜的黄花菜，可以炒着吃或者凉拌着吃；晒干的黄花菜，营养价值更高，可以用来烧肉炖鸡，虽然此时的黄花菜没有水分，但是，经过水的浸泡，再经过烹调，味道却非常鲜美。

黄花菜耐瘠、耐旱，对土壤要求不严，它可以种植在屋的背面，还可以与较为高大的作物间作，说明黄花菜对光照的要求也不严，即使缺少阳光，它一样能够生长。所以，《诗经》里的谖草，是被种在“言树之背”的，也就是屋的背面。对此，宋代大诗人苏东坡曾赋诗赞美“萱草虽微花，孤秀能自拔，亭亭乱叶中，一一芳心插”。萱草虽然微小，但是在缺少阳光的幽暗环境里也能傲然生长。

游　龙

山有乔松，隰有游龙。

不见子充，乃见狡童。

——《郑风·山有扶苏》

《诗经》里这首《郑风·山有扶苏》是一首爱情诗，写的是一名女子以戏谑的口吻戏弄自己心仪的男子。这句诗的意思是：山上有挺拔的青松，池里有丛生的荭草。没见到子充好男儿啊，偏遇见你这个小狡童。

游龙，按照字面理解，是游动的蛟龙。但是，这首《郑风·山有扶苏》里的游龙指的不是动物，而是一种植物，今天我们叫它红蓼、红草。

明代医药学家李时珍在《本草纲目》是这样说的："引陈藏器曰：'天蓼即水荭，一名游龙，一名大蓼。'一说：游，谓枝叶放纵；龙，草名。"按照这种说法，游龙之所以被称为游龙，是因为它的枝叶放纵，说明这种植物生长旺盛。

游龙是蓼属一年生草本植物，又叫红蓼、红草、天蓼、大红蓼、东方蓼、大毛蓼、游龙、狗尾。游龙常生于山谷、路旁、田埂、河川两岸的草地及河滩湿地，所以《诗经》里说"隰有游龙"。游龙的生存适应性非常强，它可以适应各种类型的土壤，既喜肥沃、湿润、疏松的土壤，又能耐贫瘠。

截取一段游龙，插在花瓶里，放上水，几天后它就能自行生根，在水中生长。其实，像游龙这样在水里生长的植物还有很多，比如吊兰、绿萝、水竹、富贵竹等，只要给它们足够的水，它们就能自由自在地生长。

游龙又叫红蓼，是一种观赏性很强的植物，历代诗人都写诗赞美它。如唐代著名诗人白居易的“秋波红蓼水，夕照青芜岸”，宋代诗人陆游的“老作渔翁犹喜事，数枝红蓼醉清秋”。

蓬

自伯之东，首如飞蓬。
岂无膏沐，谁适为容？

——《卫风·伯兮》

这是诗经《卫风·伯兮》里的诗句，意思是：自从哥哥东征后，头发散乱像飞蓬。膏脂哪样还缺少，为谁修饰我颜容？诗歌描述了一位女子自丈夫参军东征后，就不思洗漱，头发散乱得就像飞蓬一样。可这并不是因为缺少沐浴膏脂的缘故，只是因为丈夫走了，打扮得再漂亮，又给谁看呢？

这里的飞蓬是菊科飞蓬，属一年生或多年生草本植物，叶似柳叶，籽实有毛。

《诗经》里诗人用飞蓬来比如自己的头发，是有道理的。蓬有茂盛和散乱的意思。我们常用的一个成语叫蓬头垢面，本意是说一个人的头发凌乱，脸上有污垢。常被用来形容一个人生活条件很差，也被用来泛指没有打扮修饰，外表不整的样子。

飞蓬是一种比较常见的植物，人们也常用蓬来形容贫困和地位低下。比如蓬门，本意是指用蓬草编成的门，一般被用来借指贫苦人家。唐朝大诗人杜甫有诗：“花径不曾缘客扫，蓬门今始为君开。”这里的蓬门就指代诗人的家。而蓬荜生辉，则是一句自谦辞，意思是客人来到家里，就能为自己简陋的家里增添光辉。这里的蓬荜生辉，是用来反衬客人的高贵的。

尽管《诗经》里的诗人用“首如飞蓬”来形容自己的容貌，但是，很多时候飞蓬并非贬义。比如，《荀子·劝学》中说：“蓬生麻中，不扶而直；白沙在涅，与之俱黑。”意思是：蓬草长在大麻田里，不用扶持，自然挺直。白色的细沙混在黑土中，也会跟它一起变黑。因此，蓬生麻中被用来比喻生活在好的环境里，就能够得到健康成长。而白沙在涅也被用来比喻好的人或物处在污秽环境里，也会随着污秽环境而变坏。

蓬虽然地位低贱，但是，我们的诗人却对蓬情有独钟，唐代大诗人李白和杜甫都在自己的诗中提到了蓬，李白说“此地一为别，孤蓬万里征”；杜甫说“蓬生非无根，漂荡随高风”“车马入邻家，蓬蒿翳环堵”；王维说“征蓬出汉塞，归雁入胡天”。在大诗人的笔下，蓬或被诗人用以自喻或他喻，但是都显示了个人的渺小，以及漂泊的无奈。

莫

彼汾沮洳，言采其莫。
彼其之子，美无度。
美无度，殊异乎公路。

——《魏风·汾沮洳》

这是诗经《魏风·汾沮洳》里的诗句，意思是：在那汾河湾里低湿的地方，有人在忙着采水面上的酸模菜。你看那个勤劳的小伙子啊，长得是那样英俊无法衡量。他长得那样英俊无法衡量，和王公家的官儿太不一样！

《诗经》里的公路不是现代供车辆和行人通行的公路，在古代，公路是指掌管国君路车的官。这里的莫则是一种植物，又叫酸模、山大黄、当药、山羊蹄、酸母、南连，是蓼科酸模，属多年生草本植物。

酸模在民间的名字叫羊蹄菜，因为它的叶子像羊蹄。对此，大医士陶弘景是这样说的："一种极似羊蹄而味酸，呼为酸模，根亦疗疥也。"说明羊蹄菜味道是酸的，其中含有草酸，所以叫酸模。

酸模是一种野菜，可以食用，食用部位是它的嫩茎叶。《魏风·汾沮洳》里的小伙子采摘酸模，肯定是作为食物的。酸模可以凉拌，将其嫩茎叶洗净，用开水焯一下，捞出挤去水分，切段后加入盐、味精、酱油、蒜泥、麻油等拌匀，一道鲜美的凉拌菜就做好了。不过，酸模性寒，所以不宜多食。

酸模一般生于水中泽旁，所以《诗经》里才有“彼汾沮洳，言采其莫”的说法。汾是汾河，在今山西省中部地区，从西南方汇入黄河。沮洳是指水边低湿的地方。总之，我们只要知道，古人是在河里或者河边采摘酸模就行了。

荼

我们知道，同一个植物，因为种种原因，比如地域、时代等不同，名字也不同。这在《诗经》里，包括现实生活中都普遍存在。

荼在《诗经》中，有的指的是苦菜，比如“谁谓荼苦？其甘如荠”(《邶风·谷风》)、“周原膴膴，堇荼如饴”(《大雅·棉》)、“采荼薪樗，食我农夫”(《 风·豳风·七月》)。而“予手拮据，予所捋荼”(《豳风·鸱鸮》)、“其笠伊纠，其镈斯赵，以薅荼蓼”(《 颂·周颂·良耜》)、“出其闉阇，有女如荼。虽则如荼，匪我思且”(《郑风·出其东门》)，这些诗篇里提到的荼，指的是茅草或者茅草花。

现代解释，荼是茅草、芦苇之类的白花。有一句成语叫如火如荼，这里的荼指的就是茅草的花。荼是白色，火是红色，如火如荼的意思是像火那样红，像荼那样白。一般用来比喻军容之盛，现在常被用来形容场面声势盛大。

荼是白色的茅草花，我们常常用鲜花来形容女子，所以，《诗经》里用“有女如荼”来形容女子的美貌也就不足为奇了。

菅

白华菅兮，白茅束兮。
之子之远，俾我独兮。
英英白云，露彼菅茅。
天步艰难，之子不犹。

——《小雅·白华》

这是诗经《小雅·白华》里的诗句，意思是：芬芳菅草开白花，白茅束好送给他。如今这人去远方，使我孤独守空房。浓浓云雾空中飘，沾湿菅草和丝茅。我的命运多艰难，他还不如云露好。

显然，这是一首爱情诗，女子将美丽的菅草花送给自己心爱的人，用菅草花来表达自己的爱意。但是现在，自己心爱的人却去了远方，只留下自己独守空房，所以也就倍加思念自己心爱的人。然后，女子由自己孤独的境地，转而联想到云雾，云雾还能沾湿菅草和丝茅呢，而自己的爱人却不能照顾自己……

《小雅·白华》里的菅是一种植物，即菅草。菅是禾本科菅，属多年生草本植物，叶子细长，根茎坚韧，可用来制作笤帚、刷帚等。

稂

冽彼下泉，浸彼苞稂。

忾我寤叹，念彼周京。

——《曹风·下泉》

这是《曹风·下泉》里的诗句，意思是：寒凉的泉水汩汩流动，一丛丛稂草浸在寒泉中。梦中醒来我长吁短叹，深深怀念繁华的周国京城。这是一首怀念故国的诗歌，诗中透露着诗人的悲伤与忧思。

这里的稂，是一种植物。

稂草挤占了庄稼禾苗的地盘，抢夺了庄稼的养分，严重妨害禾苗的生长，是一种田间杂草。

稂，读 láng。又叫狼尾草、老鼠狼、芮草。稂草的外形像禾苗，所以，它生长在田间，难以与庄稼分辨，但稂草对庄稼的危害是巨大的，这从稂的名字中也可以看出。动物中，狼是比较凶狠的，也是一种非常聪明、狡猾的动物，而且，它们特别有团队精神，狩猎时发挥团队作用，依靠集体的力量，往往更容易捕获食物。稂草就像植物中的狼，它们把自己伪装成庄稼，狠命地抢夺庄稼的地盘，抢夺庄稼的水分和养分。

“冽彼下泉，浸彼苞稂。忾我寤叹，念彼周京”，诗人用稂草来反衬故国的繁华，通过描绘眼前杂草丛生的景象，与昔日的繁华形成了鲜明的对比。

莠

无田甫田，维莠骄骄。

无思远人，劳心忉忉。

无田甫田，维莠桀桀。

无思远人，劳心怛怛。

——《齐风·甫田》

这是诗经《齐风·甫田》里的诗句，意思是：不要勉为其难耕作大块田，白白地撂荒杂草丛生蔓延。不要苦苦思念那远行的人，白白地为他劳心又费精神。没有力气不要耕作大块田，长不起苗来杂草丛生蔓延。不要苦苦思念那远行的人，白白地为他劳心又费精神。

《齐风·甫田》是一首爱情诗，写妻子思念远方丈夫。因为丈夫不在家，弱小的妻子承担起家庭重任，但是因为力气小，无法像男子那样耕作农田。因为耕作大田，无法管理到位，田里长的都是莠草，所以妻子只能耕作小块田。妻子由莠草又想到了远方的丈夫，但是丈夫却身在远方……

其实，古代这名女子的烦恼，今天的女子也有。很多地方农村的男子背井离乡，常年在外打工，留下父母妻儿守在农村，遇到农忙季节，女人只能独自承担起繁重的农活，她们多么想自己的男人能回家帮自己一把，这种情形与古代女子多么相似！

《齐风·甫田》里的莠，是一种植物，就是我们通常所说的狗尾草。狗尾草和狼尾草一样，都是农田害草，主要危害麦类、谷子、棉花、豆类、花生、薯类、蔬菜等作物。

狗尾草长于荒野、道旁，当然，它最喜欢的地方是农田，因为农田里有足够的水分和养分，所以，狗尾草也是农田最常见的杂草。

《本草纲目》中说："莠草，秀而不实，故字从秀。穗形象狗尾，故俗名狗尾。"《本草纲目》将两个名字的由来都解释得非常清楚。

有一个成语叫良莠不齐，这里的莠说的就是狗尾草。良莠不齐本意是指庄稼地里谷子和杂草混杂在一起，后用来比喻好人坏人都有。

莠很会伪装自己，它把自己打扮得像庄稼一样，让人难以识别，防不胜防。不过，莠也有自己的价值。莠可入药，可以治痈瘀、面癣。《本草纲目》里又说："其茎治目痛，故方士称为光明草，阿罗汉草。原野垣墙多生之。苗叶似粟而小，其穗亦似粟，黄白色而无实，采茎筒盛，以治目病。"

你看，口碑不好的莠也有自己的优点，它还被人们称为是光明草呢！

鹝

中唐有甓，邛有旨鹝。

谁侜予美？心焉惕惕。

——《陈风·防有鹊巢》

这是《陈风·防有鹊巢》里的诗句，意思是：哪见过庭院瓦铺道，哪见过山上长绶草。谁在离间我心上人？我心里害怕又烦恼。

《陈风·防有鹊巢》里的鹝是一种植物，即绶草。鹝，读 yì，有鸟字部首，应该是指鸟类动物，鹝在古书上指吐绶鸡，用在植物身上，指的是绶草。

绶草是兰科绶草属草本植物，别名盘龙参、龙抱柱、双瑚草、一线香。绶草属于一种兰花，它一般生长在透水和保水性良好的地方，以及杂木林荫下，也就是说，绶草喜水喜阴。所以《陈风·防有鹊巢》里才有“邛有旨鹝”的诘问：哪见过山上长绶草？

绶草是世界上最小的兰花，它的植株高一般为 13~30 厘米。绶草之所以叫绶草，是因为它的花序如同绶带一样。而它的花序如龙一般盘绕在花茎上，且根与人参相似，所以绶草也被称为盘龙参。

在《诗经》中，鹝虽然只是被点到而已，不过，它的典雅气质可是无法被轻易遮掩的。

葽

“四月秀葽，五月鸣蜩。”这是《豳风·七月》里的诗句，意思是：四月远志结了籽，五月知了阵阵叫。

《豳风·七月》里提到的葽，是一种多年生草本植物，它的另一个名字很大气，叫远志。葽还有葽绕、蕀蒬、棘菀、小草、细草、细叶、线儿茶、小鸡腿、小草根、线茶等别名。而葽是一种中药材，根据“四月秀葽，五月鸣蜩”，我们知道，四月远志开始结籽，五月可以听到知了的叫声。

葽为什么叫远志呢？一代药圣李时珍是这样说的：“此草服之能益智强志，故有远志之称。”听罢，不禁恍然大悟，继而又会心一笑。原来，葽具有益智强志的作用，而并非它本身具有什么远大志向。

除此之外，远志还具有益精，补阴气，止虚损、梦泄的作用，可以治疗神经衰弱、健忘心悸、多梦失眠等。这样看来，远志也算是安神、补脑的良药了。

蓍

冽彼下泉，浸彼苞蓍。

忾我寤叹，念彼京师。

——《曹风·下泉》

这是《曹风·下泉》里的诗句，意思是：寒凉的泉水汩汩涌动，丛丛蓍草被淹没在寒水之中。一觉醒来我总是唉声叹气，深深怀念昔日故都。

这里的蓍是一种植物，就是蓍草。

蓍读 shī，属于菊科蓍属，多年生草本植物，耐寒，喜温暖、湿润，阳光充足及半阴处皆可正常生长。

《诗经》里的蓍草被淹没在寒水中，但是，蓍草不仅没有屈服于潮湿与寒冷的环境，反而长得更加茂盛，这让诗人感慨不已：身处如此恶劣环境的蓍草都能如此旺盛地生长，故国曾经是那么的繁华，可是如今为什么却衰落了呢？真是让人惆怅。

蓍草命贱，但是它在古代却有一个神圣的功用，那就是占卜。古人以蓍草占卦，根据蓍草的形状和多少来确定吉凶，古称“揲筮”。

对于蓍草，《本草纲目》里是这样说的：“其生如蒿作丛，高五六尺，一本一二十茎，至多者五十茎。生便条直，所以异于众蒿也。秋后有花，出于枝端，红紫色，形如菊花；结实如艾实。……则此类亦神物，故不可常有也。”

远古先民们求卦习惯用蓍草，据《易纬·乾凿度》说：“蓍生地，于殷凋殒一千岁。一百岁方生四十九茎，足承天地数，五百岁形渐干实，七百岁无枝叶也，九百岁色紫如铁色，一千岁上有紫气，下有灵龙神龟伏于下。”按照这个说法，蓍草算是长寿之草、神灵之草了，上有紫气，下有灵龙神龟在守护着它。

如此灵异的蓍草，自然不会甘于平庸。蓍草具有益气、明目的作用，服用蓍草，可令人聪慧、头脑灵活，长期服用，则有延年益寿之效。

蓝

终朝采蓝，不盈一襜。

五日为期，六日不詹。

——《小雅·采绿》

这是《小雅·采绿》里的诗句，意思是：整个早上采蓝草，兜起前裳盛不满。他说五天就见面，过了六天仍未还。

这里的蓝是一种植物，叫蓝草，又叫靛草。蓝草可以制造靛蓝染料，并用来染布。《小雅·采绿》里的这名女子采摘蓝草，想必是用来染衣服的。

将衣服染成彩色，自然要比单调的白色要好看得多。而蓝草可以帮助古人将衣服染成青色，让衣服的色泽变得浓艳亮丽。而青色与绿色接近，所以，唐代诗人白居易有“春来江水绿如蓝”的诗句，这里的蓝，指的就是用蓝草染成的颜色，绿指的是绿色。

绿

终朝采绿，不盈一匊。

予发曲局，薄言归沐。

——《小雅·采绿》

这句诗说的是一名女子早上去采摘荩草，但是，采摘了一个早上，采摘到的荩草却还不够自己两只手抓的。女子扭头一看，自己的头发又卷又曲，索性回家洗头去了。

“终朝采绿”里的绿，不是指绿色，而是一种植物，即王刍，又叫荩草，是禾本科一年生草本植物。

荩草枝叶可煮成黄色染料，可直接去染棉、毛、丝等物，使其变成鲜艳的黄色。明代医药学家李时珍说：“此草绿色，可染黄，故曰黄。曰绿也，乃北人呼绿字音转也。”由此可见，绿在现代是指绿色，但作为染料，它染出来的颜色却是黄色。

荩草是古代重要的染料之一，荩草常与蓝草配合使用，还有一种草古代叫茹藘，今天则叫茜草，可以用作红色染料。茹藘、靛草和荩草，代表着红、黄、青三种颜色，而由这三种颜色又可以调配出更多更丰富的颜色。

何彼襛矣，唐棣之华

柏

“泛彼柏舟，在彼中河。……泛彼柏舟，在彼河侧。”这是《鄘风·柏舟》里的诗句，意思是：柏木小船在漂荡，漂泊荡漾河中央。……柏木小船在漂荡，漂泊荡漾河岸旁。古人选择用柏做船，显然看中的是柏木的坚硬质地和耐腐蚀性。船是水上交通运输工具，整天浸泡在水中，做船的木材当然是越结实越好。柏木正好解决了这个问题，成为古人造船的首选。

柏与松一样，是常绿乔木，有扁柏、侧柏、圆柏、罗汉柏等多种。柏的叶子呈鳞片状，结球型果，木质坚硬，纹理致密，可供建筑及制造器物之用。

关于柏名称的由来，医药学家李时珍曰：“按魏子才《六书精蕴》云：万木皆向阳，而柏独西指，盖阴木而有贞德者，故字从白。白者，西方也。”宋代药物学家寇宗奭称柏“木至坚，不畏霜雪，得木之正气，他木不及”。由此可见，柏与其他的树种不同，其倔强而独特的性格，让柏走出了一条属于自己的路。

正因为柏的坚韧、挺拔，唐代大诗人张籍有诗这样劝樵夫：“采樵客，莫采松与柏。松柏生枝直且坚，与君作屋成家宅。”张籍认为，如果樵夫将松柏这样的良材变成了烧锅的废材，不仅是天大的浪费，简直称得上是暴殄天物了！

六　驳

山有苞栎，隰有六驳。
未见君子，忧心靡乐。
如何如何，忘我实多！

——《秦风·晨风》

这是《秦风·晨风》里的诗句，意思是：高高的山上有茂密的栎树，洼地里梓榆树繁茂成荫。至今我还没见过他的踪影，内心里满怀悒郁忧心如焚。真想不到你怎么会这样呢？恐怕早忘了我吧！

这首诗里的“山有苞栎，隰有六驳”，说的是栎和六驳两种植物，也就是栎树和梓榆。

六驳又叫驳马，三国学者陆玑说：“驳马，梓榆。其树皮青白驳荦，遥视似驳马，故谓之驳马。”宋朝科学家沈括在《梦溪补笔谈·辩证》里也说：“梓榆，南人谓之朴，齐鲁间人谓之驳马。驳马，即梓榆也。”

据说驳像马，但是却长着老虎一样的牙齿和爪子，能吃老虎和豹子。可见，驳是传说中的一种猛兽。《管子·小问篇》曰：“桓公乘马，虎望之而伏。”意思是桓公乘马而行，老虎望见后趴下不敢动。原因就在于桓公乘坐的是驳马，而驳马正是老虎的克星。当然，驳只是传说中的动物，就像传说中的龙和凤凰一样，谁也没见过。而驳是否以老虎、豹子为食，老虎、豹子又是否惧怕它，当然也就无从考证。

驳作为动物，异常凶猛，但是作为植物，可要比动物文雅得多，即使有点脾气，也不会凶相外露，你不招惹它们，它们绝对不会招惹你，更不会主动去攻击你的。

柽

柽即柽柳，又称河柳，为落叶灌木，老枝红色，叶像鳞片，花淡红色，有时一年开花三次，结蒴果。

《大雅 · 皇矣》里有“启之辟之，其柽其椐”的诗句，在《诗经》里，柽和椐可是被当作杂树清理掉的。也难怪，柽树和椐树都属于灌木，属于长不大的那种植物，因此在古人眼里，它们是难以成材的。

不过，柽柳并非真的就是无用之才，因为它耐碱抗旱，因此，可以用于造防沙林，为人类防范土地沙化立下了汗马功劳。另外，柽柳的枝干可编筐编篓，根和枝叶还可入药，具有疏风、利尿、解毒的作用，可以治理风湿、湿疹、肝炎等。

柽柳还可以预知天气。李时珍说：“按罗愿《尔雅翼》云：天之将雨，柽先知之，起气以应，又负霜雪不调，乃木之圣者也。故字从圣，又名雨师。或曰：得雨则垂垂如丝，当作雨丝。”“又《三辅故事》云：汉武帝苑中有柳，状如人，号曰人柳，一日三起三眠。则柽柳之圣，又不独知雨、负雪而已。今俗称长寿仙人柳，亦曰观音柳，谓观音用此洒水也。”

原来柽柳又叫人柳、观音柳，而大众所熟知的观世音菩萨，是用柽柳洒水来点化众生的。看到这里，我们可能也就明白为什么柽柳的名字里带“圣”字了。

樗

樗，一种树，名字看起来挺美，但是，它的枝叶味道却不那么美，而是散发出一种难闻的味道。对，樗就是我们所说的臭椿树。

《豳风·七月》里说："七月食瓜，八月断壶，九月叔苴，采荼薪樗，食我农夫。"意思是：七月里可吃瓜，八月到来摘葫芦。九月拾起秋麻子，采摘苦菜又砍樗树当柴火，以此来养活作为农夫的我。

这里提到的樗树，在古时只是被古人当作柴火使用而已。

小时候，奶奶家门口有两棵树，一棵香椿树，一棵臭椿树。臭椿树与香椿树的外形差不多，但也有明显的区别，香椿叶的边缘有稀疏锯齿，而臭椿叶则没有；且香椿树的幼叶呈紫红色，而臭椿树的幼叶呈青色。最典型的区别是，臭椿树的味道非常难闻，而香椿树则没有异味。

小时候，对于臭椿，我们是厌恶的，避之唯恐不及。臭椿的树干还会分泌胶质，在树皮破损的地方，会分泌出一种胶质，我们称为黏胶，因为它非常黏，黏到可以用来粘东西。

在古代，古人称香椿为椿，称臭椿为樗。所以臭椿就是《豳风·七月》里提到的樗。

《诗经》里的植物大多数都代表着美好。但是，也有一小部分植物形象不佳，比如棘（酸枣）、梅（酸梅）、樗（臭椿）等，常常被拿来当成反面材料。樗就是如此，因为它气味难闻，所以古人只是把它当作烧锅的柴火而已。

楚

楚是一种灌木的名称，也叫作荆。荆枝条无刺，在南方江汉流域的山林中极为常见，可用作薪柴。在古时，荆还被当作惩罚犯人的工具，称“荆刑”。

在《诗经》里，楚可是被当作上好的柴火的，比如《周南·汉广》里就说“翘翘错薪，言刈其楚”。什么意思呢？就是说杂树丛生长得高，砍柴就要砍荆条。你看，杂树丛长得再高，古人看好的还是荆条。

因为荆条是上好的柴火，所以，对于荆树的生长，古人也就十分在意。有时候，荆树受到其他灌木杂草欺负，被掩盖在灌木杂草中，就让古人十分难过和心痛。比如《唐风·葛生》里说：“葛生蒙楚，蔹蔓于野。予美亡此，谁与？独处！”意思是：葛藤覆盖了一丛丛的黄荆，蔹草和蔓草生长在荒野。我的亲密爱人长眠在这里，谁和他在一起？只有他独守安宁！古人将荆树比喻成自己的爱人，可是葛藤覆盖了荆树，蔹草和蔓草爬满了爱人的坟茔。古人将荆树与自己的爱人相提并论，可见，古人对于荆树是喜爱的。

在春秋战国时代，有一个诸侯国叫楚国，其国都就在今天的湖北省境内。楚又叫荆，所以，古时的湖北被称为荆楚。

提到楚，人们必然会想起大名鼎鼎的西楚霸王项羽。项羽是楚国下相人，即今江苏宿迁人。一句“力拔山兮气盖世”，足见项羽的威猛气势。俗话说成王败寇，项羽当年与刘邦争夺天下，虽然项羽最终失败并自刎于乌江，但是，人们却并没有把他视为草寇，原因就是项羽威猛勇武，所向披靡，是少有的英雄。在与刘邦争夺天下的过程中，只是因为他太过于刚愎自用，且不善用人，才导致了最终的失败。

扶　苏

山有扶苏，隰有荷华。
不见子都，乃见狂且。
山有桥松，隰有游龙。
不见子充，乃见狡童。

——《郑风·山有扶苏》

这是《郑风·山有扶苏》的全诗，写的是一位女子在与情人欢会时，与情人打情骂俏的场景。诗的意思是：山上有茂盛的扶苏，池里有美艳的荷花。没见到子都美男子啊，偏遇见你这个小狂徒。山上有挺拔的青松，池里有丛生的水荭。没见到子充好男儿啊，偏遇见你这个小狡童。

这里的扶苏，是一种植物，一种树木的名字。

对于扶苏，有人解释说是指唐棣，也有解释说是指桑树。但是这种解释都缺乏依据，没有说服力。而《毛传》的解释是“扶苏，扶胥，小木也”。这种解释，直接将扶苏定位为不大的树木。

又有解释说扶苏可作为花木名、武器名，还可以作为动词。但是，从“山有扶苏，隰有荷华”“山有桥松，隰有游龙”的诗歌意境来看，扶苏应为树木无疑。因为扶苏与荷华对应，桥松与游龙对应，荷华即荷花，桥松是指高大的松树，游龙是一种水草。而扶苏与桥松并列，所以，扶苏无论是作为大木，还是作为小木，都是说得通的。

尽管我们不知道扶苏为何种树木，但是我们可以肯定的是，扶苏应该是一种高贵的树木，因为秦始皇就将自己的儿子取名为扶苏。

扶苏是秦始皇的长子，常称公子扶苏，是一个刚毅勇武，善良仁义，有政治远见的人，但是，因为他反对秦始皇实行焚书坑儒等苛政，因而触怒了秦始皇，秦始皇便将他派到上郡监督军队，协助大将蒙恬修筑长城抵御匈奴。公元前 210 年，秦始皇在巡游途中暴毙，死前诏令扶苏即位，但是中车府令赵高联合丞相李斯等人拥立始皇第十八子胡亥登基，矫诏逼令扶苏自尽，扶苏不明就里，遂自尽而亡。

而随着公子扶苏而去的，还有树木扶苏。直到今天，我们也不知道扶苏为何物，而且是否已经消失。

甘 棠

甘棠，又叫棠梨，是多年生落叶果树。棠梨的别名很多，如鹿梨、棠梨、野梨、鸟梨、酱梨等。棠梨的根、叶有药用价值，可润肺止咳、清热解毒，治疗急性眼结膜炎。棠梨的果实外形酷似苹果，呈褐色，与常见的梨相比，棠梨要略小一些。

在《诗经》中，有一篇以《甘棠》为题的诗歌：

蔽芾甘棠，勿翦勿伐，召伯所茇。
蔽芾甘棠，勿翦勿败，召伯所憩。
蔽芾甘棠，勿翦勿拜，召伯所说。

——《召南·甘棠》

这首诗的意思是：棠梨枝繁叶又茂，不要修剪莫砍伐，召伯曾经住树下。棠梨枝繁叶又茂，不要修剪莫损毁，召伯曾经在树下歇息。棠梨枝繁叶又茂，不要修剪莫拔掉，召伯曾经在树下如是说。这首诗明写甘棠，但是赞美的却是一个叫召伯的人，因为召伯曾经在甘棠树下停歇过，爱屋及乌，所以，这首诗就劝告人们，不要去砍伐、修剪召伯曾经停留过的甘棠树。

召伯，姓姬名奭，史称燕召公。周武王十三年（前1122年），召伯跟随周武王姬发在牧野之战中击败商军，商朝末代君主帝辛（商纣王）自焚而死，商朝灭亡。周武王灭亡商朝后，建立周朝政权，召伯辅佐周武王治理朝政。在召伯的治理下，人民安居乐业，各得其所，因此，召伯深受人民的爱戴。而相传，召伯曾在一棵棠梨树下办公，后人为纪念他，舍不得砍伐此树，于是，《甘棠》诞生了，并被收录于《诗经》之中。

甘棠在《诗经》里还被称为杜、堂。《唐风·杕杜》中说“有杕之杜，其叶湑湑”；《雅·小雅·杕杜》中说“有杕之杜，有睆其实”；《秦风·终南》则有诗说“终南何有？有纪有堂”。意思是终南山上可有什么好风光？有杞柳轻拂，也有漂亮的甘棠。这里的杜和堂，均是指甘棠，也就是我们现在所说的棠梨。

值得欣慰的是，甘棠历经千年的风霜，经过大自然“适者生存”的法则考验，千百年来依然如故。甘棠，也就是我们常见的棠梨，在今天的市场上依然能够经常见到。

枸 杞

枸杞是我们常见的植物，枸杞子在市场上更是颇为常见。

《诗经》称枸杞为杞。“陟彼北山，言采其杞”(《雅·小雅·北山》)，“湛湛露斯，在彼杞棘”(《雅·小雅·湛露》)，这些都是《诗经》里的诗句。

即便在今天，枸杞也是乡间最常见的植物，它生长在田头沟边。由于耐干旱，枸杞也可生长在沙地，可以起到保护植被的作用。

枸杞在民间有很多叫法，如苟起子、枸杞红实、甜菜子、西枸杞、狗奶子、红青椒、枸蹄子、枸杞果、地骨子、枸茄茄、红耳坠、血枸子、枸地芽子、枸杞豆、血杞子、津枸杞等，据说枸杞的得名，是因为“其形如犬，故得枸名”。

不过，对于枸杞还有另外一种说法，认为枸与杞是两种植物。如明代医药学家李时珍就说：“枸杞，二树名。此物棘如枸之刺，茎如杞之条，故兼名之。”但我们今天所说的枸杞，专指一种植物。

世人皆知枸杞，还是缘于枸杞的果实枸杞子，《本草纲目》记载：“枸杞子甘平而润，性滋补……能补肾、润肺、生精、益气，此乃平补之药。”在生活中，人们喜欢用枸杞子泡茶、煲汤。因为枸杞子中含有多种氨基酸，并含有甜菜碱、玉蜀黍黄素、酸浆果红素等特殊营养成分，具有延衰抗老、健身强肾的功效。正因如此，枸杞子深受人们喜爱，也得到了较高的赞誉。《神农本草经》记载：“枸杞久服能坚筋骨、耐寒暑，轻身不老，乃中药中之上品。”所以，枸杞子又被称为“却老子”。

在老家新沂河岸边，生长着很多枸杞，枸杞也起到了固沙、护坡的作用。初春时节，枸杞发出绿芽，开始生长。至盛夏，结出枸杞子，枸杞子呈红色，初时很小，及至秋天成熟，我们会去采摘，先放在阴凉处荫凉，然后再放到太阳下晾晒。

而古人同样也喜欢采摘枸杞子，“陟彼北山，言采其杞”描写的就是古人采摘枸杞子的场景，而这一场景也被我们的先人记录在《诗经》里，被后人千古传唱。

谷

鹤鸣于九皋，声闻于天。

鱼在于渚，或潜在渊。

乐彼之园，爰有树檀，其下维谷。

他山之石，可以攻玉。

——《小雅·鹤鸣》

在古代语言与汉字中，谷一般代表谷类植物，在《豳风·七月》里，也提及了谷："亟其乘屋，其始播百谷。"这里的谷指的是谷类植物。今天，我们所说的谷，用作植物时，一般都指谷类植物，比如稻谷、谷米，用于地理时，一般指洼地，比如山谷、河谷。

但在《小雅·鹤鸣》里，"其下维谷"里的谷指的是一种植物，即楮树。

楮树又叫构树，别名褚桃，是一种落叶乔木。小时候我们的庄子里就有楮树，不过那时候我们不知道它叫楮树，而是叫它"葡萄树"，因为它的果实看起来很像葡萄。楮树的果实未成熟时，是一个个小青球，等到成熟时，就会变红，而且还可以吃，只是没有人吃它，因为它的味道并不怎么鲜美。虽然楮树的果实并不好吃，但是，它却具有药用价值，中医学上称楮树的果实为楮实子、构树子，与根一起入药，可以补肾、明目、利尿、强筋骨。

读《小雅·鹤鸣》，人们对里面提到的谷、檀等树木并不是很在意，但是，《小雅·鹤鸣》有一句诗很有名气，在今天被作为成语经常使用，它就是“他山之石，可以攻玉”。意思是别的山上的石头，能够用来琢磨玉器。后用来比喻能够帮助自己改正缺点的人或意见。

棘

棘是酸枣树。棘常与荆混生，因此被人们合称为“荆棘”。荆枝条无刺，但棘有刺。有一个成语叫披荆斩棘，比喻在前进道路上清除障碍，克服困难。想来，这个成语还是颇为形象的，对于无刺的荆，人们只要用手拨开就行了；而对于有刺的棘，徒手拨开是断然不行的，只有用刀具将其砍伐掉。

在《诗经》中，有很多篇章都提到了棘，如《邶风·凯风》《魏风·园有桃》《唐风·鸨羽》《唐风·葛生》《陈风·墓门》《曹风·鸤鸠》《小雅·湛露》《小雅·青蝇》《小雅·大东》等。

在《诗经》里，棘多数时候是以反面形象出现的。比如《陈风·墓门》里说：“墓门有棘，斧以斯之。夫也不良，国人知之。”意思是：你家墓道门前长满酸枣枝，挥动起铁斧就可以铲除掉。你这坏了良心的昏庸君啊，全国上下谁人不知谁人不晓！ 古人用墓前长满酸枣，来形容墓中之人的昏庸。我想，墓中之人若是贤能君子，那么，他的墓前长满的一定是青松翠柏，因为青松翠柏代表着万古长青。而墓前长满酸枣和酸梅，则是对墓中之人的诅咒，说明墓中之人在活着的时候就不得人心，估计也是坏事做绝的主儿。

椒

看到“椒”字，我们首先想到的可能是辣椒，这可是我们日常食用的蔬菜。不过，诗经里的“椒”，指的是花椒。

椒聊之实，蕃衍盈升。
彼其之子，硕大无朋。
椒聊且，远条且。
椒聊之实，蕃衍盈掬。
彼其之子，硕大且笃。
椒聊且，远条且。

——《唐风·椒聊》

这首《唐风·椒聊》借花椒树来赞美儿孙满堂。花椒多籽实，古人就用花椒来比喻多生子女：花椒籽儿生树上，籽儿繁盛满升装。那个女子福气好，身材高大世无双。花椒籽儿一串串，香气阵阵向上扬。花椒籽儿生树巅，盛满一把真繁衍。那个女子福气好，身材高大又壮健。花椒籽儿一串串，香气阵阵散满天。在《诗经》里，这首《唐风·椒聊》，是一首比较欢快明了的诗歌，读来让人心情舒畅。

花椒还有很多别名，如椴、大椒、秦椒、蜀椒、川椒或山椒等。《本草纲目》里说："秦椒，花椒也。始产于秦，今处处可种，最易繁衍。"花椒属落叶灌木或小乔木，枝干长有锐刺，因此，花椒树也可用于防护刺篱。

小时候，庄子上好几户人家都栽植了花椒树，花椒的种子和叶子，是农村人最好的调味料。每当有人家吃鱼，就会去采摘一把花椒叶子或者种子，放在鱼锅里烧，做出的鱼味道鲜美，无鱼腥味。

花椒还是一种药材，具有温中散寒、除湿、止痛、杀虫、解鱼腥毒等作用。可治疗积食停饮、心腹冷痛、呕吐噫呃、咳嗽气喘等症状，特别是对温中散寒，除湿止痛，具有一定的效果。对此，我是深有感触的。因为年轻时，我住在乡下，但是却在县城上班，上下班路途较远，每天顶风冒雨，骑着自行车上下班。后来，条件改善，自行车换成了摩托车，但仍然要在县城和乡下来回奔波。就这样风里来雨里去，天长日久，身体里的寒气越聚越多，湿气越来越重。终于，在一年春天即将过去的时候，诱发了膝关节炎。

因为关节疼痛，导致走路非常不方便。而从关节炎诱发的那天起，我就扔掉了陪伴自己多年的摩托车，又换回了自行车。但是，关节炎带来的疼痛与不便，仍然严重影响了我的生活。贴膏药，涂药液，都没能起多大的效果。后来，看到书上说花椒具有通经活血的作用，于是自作聪明，将花椒研成粉，然后洒在膏药上，再贴在膝关节疼痛处，结果出乎意料，效果很好。现在，每当膝盖受了风寒，疼痛不已，就采用此法，这也算是我发明的偏方了。

栲

栲树是壳斗科，又名锥、锥栗、红叶栲、红背槠等。

民间有句俗话叫“人在人下可成人，树在树下难成树”。意思是人受到别人的欺压，不影响自己成长，一样可以成为有用的人才。但是，树受到其他的树的遮挡，就很难长成大树。这是由人和树的特性决定的。一个人在逆境中或者在其他人的打压下，虽然遇到重重困难，但是却因此受到了磨炼，反而会激起自己的志气，最终成为有用之才。但是，树木的生长需要水分和阳光，当其他的大树遮住了阳光雨露，小树就很难吸收到养分，导致最终无法长成参天大树。

但是，栲树却不同。栲树多为耐阴性树种，其幼苗常能生于常绿阔叶树林下，虽然其他树木遮住了阳光，遮住了雨露，但是，却不影响栲树的生长。栲树就是这么顽强，它可以忍辱负重，即使环境再恶劣，即使其他树对自己再不友好，也不去斤斤计较。

诗经《唐风·山有枢》中说：“山有栲，隰有杻。”意思是说山上长有栲树，在低洼处有菩提树。《小雅·南山有台》也提到了栲树：“南山有栲，北山有杻。”根据《诗经》的描述，栲树喜欢生长在山上，即使山穷水瘠，也不影响它的生长。

栲树的耐阴性决定了它的生存能力非常强，这是一般树所无法比拟的。

楛

楛是多音字，读 kǔ 时通“枯”。围绕枯有很多词汇，比如枯死、枯菀，我们现在最常用的词是枯槁、枯荣。有一个成语叫形容枯槁，意思是指一个人身体瘦弱，精神萎靡，面色枯黄。白居易有“离离原上草，一岁一枯荣”的诗句，这里的枯，指的是枯萎、枯死。

诗经《大雅・旱麓》里有这样的诗句：“瞻彼旱麓，榛楛济济。岂弟君子，干禄岂弟。”这里的君子指周文王，这里的楛，就是楛树。楛是形声字，从木，苦声，读 hù。

《大雅・旱麓》是一首祈福诗，诗人用茂密的榛树和楛树来比喻周文王和乐平易，善于治理政事，人民得到了周文王的润泽，国泰民乐。

楛树的茎还可制成箭杆。《国语・鲁语下》曰：“肃慎氏贡楛矢石砮，其长尺有咫。”这里的楛矢就是用楛木做成的箭矢。每一种植物，都有它的用途，小小的楛树做成箭矢，在战场上可大显身手。

楛树虽然与苦有关，但是在古人看来却代表着福禄，看来也算是苦中有福吧？

栗

在《诗经》里，栗子还是备受青睐的，《鄘风·定之方中》《郑风·东门之墠》《唐风·山有枢》《秦风·车邻》《小雅·四月》等诗篇均提到了栗树。

树之榛栗，椅桐梓漆，爰伐琴瑟。

——《鄘风·定之方中》

诗的意思是：种植榛树和栗树，成材后可做琴瑟用。由此可见，栗树的木材还是有其独特之处的，可以用来做琴与瑟，说明其木质不一般，是一般树木不能比拟的。

栗分布于辽宁、北京、河北、山东、河南、广东等地，其中北京、河北的栗较为著名，有良乡板栗和迁西明栗，分别产于北京郊区房山良乡和河北迁西。江苏、山东亦均盛产板栗，江苏则以苏北为盛，徐州的新沂、睢宁，宿迁的沭阳、宿豫等地均有栽植板栗的传统。沭阳的板栗栽植则以新河、颜集两镇较为集中。2010年，江苏省考古工作队在沭阳考古发现了古栗林，将新河镇的周圈、山荡两村的古栗林列为古迹进行保护。而沭阳据此开发出了周圈古栗林和山荡古栗林两处景点，开发后的古栗林经过园艺师的修剪设计，一排排板栗树错落有致，景色秀美，吸引了大批的游人前来参观。

小时候，对于栗子可以说是又爱又恨：爱的是栗子果实饱满、甘甜，可以充饥解馋；恨的是栗包长满了尖刺，虽然成熟的栗子栗包会裂开，但是，不小心还是会被狠狠地扎一下。

栗树还有一个与众不同之处：移栽不活。明代医药学家李时珍说："栗但可种成，不可移栽。"要想栽植栗子，只能采取种植的方法，移栽则很难成活。

在《诗经》中，栗树一直被视为美好的象征。如《郑风·东门之墠》有诗云："东门之栗，有践家室。岂不尔思？子不我即。"意思是：东门附近种板栗，房屋栋栋排得齐。哪会对你不想念，只是你不肯亲近。这是一首爱情诗，表达了对恋人的思念，只是，这种思念是单相思，虽然这名女子思念至极，但是不知道为什么，自己的心上人不愿意与其亲近。

而《唐风·山有枢》则说："山有漆，隰有栗。子有酒食，何不日鼓瑟？"意思是：山坡上面有漆树，低洼地里生榛栗。你有美酒和佳肴，怎不日日奏乐器？这首《唐风·山有枢》相比《郑风·东门之墠》，可是明快轻松多了，你看山上到处都是果树，你也有美酒佳肴，怎么能不日日弹琴鼓瑟？

有酒有菜有水果，弹琴弹瑟歌几曲，再与心上人形影不离，这是多少人羡慕的生活啊！

柳

在木本植物中，柳是最引人关注的。每到春天，柳树发芽，世界便陷入一片绿色之中。柳树的绿让人赏心悦目，也让整个世界变得青春、美丽，因此，柳树千百年来均得到了大诗人的吟诵。唐代诗人韩愈有诗“春城无处不飞花，寒食东风御柳斜”；王维有诗“渭城朝雨浥轻尘，客舍青青柳色新”；宋代诗人陆游有诗“山重水复疑无路，柳暗花明又一村”，这些诗或赞美柳树的美，或以柳树为载体，表达温暖与关怀之情。

有菀者柳，不尚息焉。
上帝甚蹈，无自昵焉。
俾予靖之，后予极焉。
有菀者柳，不尚愒焉。
上帝甚蹈，无自瘵焉。
俾予靖之，后予迈焉。

——《小雅·菀柳》

《诗经》里的这首《小雅·菀柳》，以茂密繁盛的柳树来反衬执政者的伪善、凶残与反复无常。柳树很茂盛，但是不要依傍它去休息。柳树很茂盛，但是不要依傍它寻求阴凉。因为，柳树的茂盛并不能一直眷顾着你，就像那些得势的君王，纵使对你百般照顾，但是，转眼他就会翻脸不认人，可以置你于死地。

另外，《诗经》以柳寓意离别，开创了以柳喻离别的先河。汉乐府《折杨柳歌辞》中也以“折柳”一词来寓含“惜别怀远”之意。此后，古人离别时即折柳枝以相赠，来表达对离别亲人的挽留与思念之情。这种习俗，也表现在历朝历代的诗人作品中。如唐朝诗人李白有诗云：“此夜曲中闻折柳，何人不起故园情。”明代诗人郭登有诗云：“年年长自送行人，折尽边城路旁柳。”清代诗人陈维崧有词：“柳条今剩几？待折赠。”而隋朝无名氏的诗，更是直接点明了柳树的离别“功能”：“杨柳青青着地垂，杨花漫漫搅天飞。柳条折尽花飞尽，借问行人归不归。”你看，柳条都被我折尽了，百花也落尽了，可是，亲爱的人儿，你回不回来啊？思念与哀怨之情溢于言表，让人扼腕和心痛不已。

柳树比较容易成活，因此，古人送行折柳相送，也有希望亲人离别故乡就如离枝的柳条一样，能够很快地在异地生根发芽的意思在内。直到今天，人们还会用柳来表达对亲人的思念与不舍。如每年清明节，人们都会用插柳的方式来表达对逝去亲人的怀念。

梅

终南何有？有条有梅。

君子至止，锦衣狐裘。

颜如渥丹，其君也哉！

——《秦风·终南》

诗的意思是说：终南山上有什么？山上长有楸树和红梅。君子到此逗留，锦绣衣裳狐裘袍。他颜面丰满红润，实在是一位君子啊。由此我们不难看出，这是一首爱情诗。诗歌描写一位女子看上了一位年轻俊秀的男子，并对他赞赏有加。

另一首《召南·摽有梅》，也用梅来表达人们的爱情："摽有梅，其实七兮！求我庶士，迨其吉兮！摽有梅，其实三兮！求我庶士，迨其今兮！摽有梅，顷筐塈之！求我庶士，迨其谓之！"意思是：梅子落地纷纷，树上还留七成。有心求我的小伙子，请不要耽误良辰。梅子落地纷纷，枝头只剩三成。有心求我的小伙子，到今儿切莫再等。梅子纷纷落地，收拾要用簸箕。有心求我的小伙子，快开口莫再迟疑。

梅原产于中国南方，已有三千多年的栽培历史。梅有很多品种，既有果树梅，也有观赏梅，具有高洁、坚强、谦虚的品格，与松、竹并称为"岁寒三友"。因此，人们常用梅来励志。所谓"梅花香自苦寒来"是对梅花最高的褒赏，“香自苦寒来”的品质也常常被引用在人的身上。

梅桃李杏梅占先。在严寒中，梅花第一个绽放，可以说是开在百花未开之前，梅花的绽放，让单调、肃杀的冬天世界变得春意萌动。每年春节，人们喜欢在门前贴上“春为一岁首，梅占百花先”的春联，用来庆祝春节，迎接春天的到来。

正是在严寒寂寥的季节里，梅花绽放，独得天下，所以，梅花也名列我国十大名花之首。这十大名花依次是梅花、牡丹、菊花、兰花、月季、杜鹃、茶花、荷花、桂花、水仙。而梅又与兰花、竹子、菊花一起被列为“四君子”。既然是君子，当然具有优雅、高贵的谦谦风度，所以，千百年来，梅一直深受人们的喜爱。

木瓜

投我以木瓜，报之以琼琚。

匪报也，永以为好也！

——《卫风·木瓜》

这句诗的意思是：你赠送给我木瓜，我回赠给你琼琚。这不是为了答谢你，而是求永久相好啊！

《诗经》里的这首《卫风·木瓜》揭示了为人处世之道：人与人之间要坦诚相待，知恩图报。

《诗经》里的诗，多为抒情，很少说教。但这首《卫风·木瓜》，显然带有说教的成分。不过，这也是在人与人之间互相赠予，互惠互利的前提下，大概也属有感而发吧！

木瓜是树木，也是一种水果，又叫万寿果、乳瓜。水果木瓜外形有点像梨，但是香气馥郁，具有净化空气的作用。在室内放置木瓜，可使满室飘香，令人心旷神怡。

在老家苏北，木瓜树并不多见，因此，很多人不认识木瓜树，但是，提起降龙木，相信看过《杨家将演义》之类书籍的读者肯定知道。

木瓜树又称木梨、降龙木。当年杨家将为了大破天门阵，到穆柯寨去借降龙木，杨六郎的儿子杨宗保被穆柯寨寨主的女儿穆桂英生擒，并结为夫妻。杨六郎得知儿子被擒，非常着急，前去挑战，结果落败，也差点被穆桂英生擒。后来好事多磨，穆桂英终于得到杨家承认，与杨宗保结为正式夫妻。杨家将也因此从穆柯寨借得降龙木，最终大破天门阵。

在小说演义里，木瓜树以降龙木的形象出现，具有祛除瘴气，保护将士身体健康的作用。然而此说法也并非空穴来风，木瓜的确具有主治肌肤麻木、关节肿痛、霍乱大吐、转筋悄止的功效，有舒筋活络化湿的作用，为治风湿痹痛所常用。

木瓜树姿优美，花簇集中，常被作为观赏树种。木瓜如此美好，历代诗人也是大加赞赏，唐代诗人王建有诗曰："娃宫中春日暮，荔枝木瓜花满树"；宋代大诗人苏东坡诗曰："顾渚茶牙白于齿，梅溪木瓜红胜颊。"

在《诗经》中，木瓜还是人们用来馈赠的佳品，"投我以木瓜，报之以琼琚"一句中，古人可是拿木瓜来赠送人的，而回赠人回赠的则是琼琚。要知道，琼琚属于精美的玉佩。古人认为，玉是一种有灵气的宝物，一块上好的玉件能给人带来好运，趋吉避凶，可见玉在古人的心目中的地位。而木瓜就能换回一块玉佩，不是木瓜自身的价值很高，而是馈赠人的这份心意之珍贵，是无法用金钱来衡量的。

古人的馈赠与回报是不计得失的，直至今天，在我们身边还流传着"赠人玫瑰，手有余香"这句话，大概也是从《诗经》里得到的启示吧。

木　李

投我以木李，报之以琼玖。

匪报也，永以为好也！

——《卫风·木瓜》

诗经《卫风·木瓜》题为木瓜，实际上提到了三种植物，这就是木瓜、木桃、木李。

木李的果实外形与木瓜相似，《本草图经》称木李“木、叶、花、实酷类木瓜”，所以木李也被称为小木瓜。而木李的功效则与木桃相似，都是以药材的身份出现的。《本草拾遗》称木李可以“去恶心，止心中酸水，水痢”，而木桃具有收敛止泻、和胃止吐的功效，两者的功效相近。

在木李与木瓜、木桃三兄弟中，除了木瓜可以正常食用外，木李和木桃均不可食用。一代医圣孟诜称木桃“损齿及筋，不可食”。而《食疗本草》称木李“不可多食，损齿及骨”。看来，木李和木桃不仅功效相近，就是两者的副作用，也基本相同。

木　桃

投我以木桃，报之以琼瑶。

匪报也，永以为好也！

——《卫风·木瓜》

木桃又名和圆子、西南木瓜、狭叶木瓜、毛叶木瓜、木瓜海棠，是蔷薇科植物，每年三、四月开花，九、十月结果。不过，木桃可不是我们市场上常见的桃，市场上常见的水果桃味道鲜美，香甜可口，但是，木桃果实酸涩，吃起来并不那么美味。唐代医学家孟诜说木桃“损齿及筋，不可食”，这为木桃的不可食用定了性。

木桃原产于中国西南一带，其枝条直立，有短刺，再加上它的果实酸涩不可食用，因此很不受人待见。不过，木桃虽然不可以当作水果食用，但是，它却可以用来入药。木桃具有收敛止泻、和胃止吐的功效，适用于吐泻转筋、恶心泛酸、痢疾等症的治疗。由此可见，木桃实际上应该归属药材一类。

杻

山有栲，隰有杻。

——《唐风·山有枢》

杻是形声字，木为形，丑为声，读 chǒu 和 niǔ，读 niǔ 时指一种树，《诗经》里的杻就读 niǔ。

杻树即檍树，檍树木材坚韧，可做弓弩。周文王姬昌的第四子周公旦在《冬官考工记第六·弓人》里称："凡取干之道七：柘为上，檍次之。"意思是做弓弩采取干材的质量标准分七等：柘木为上等，檍木次一等。由此看来，在作为弓弩的材质方面，檍木仅次于柘木，屈居第二。

檍树又称万岁树，《草木疏》云："檍木枝叶可爱，二月花白，子似杏，今在处官园种之。取亿万之义，改名万岁树。"不过，杻称檍树也好，万岁树也罢，大家都很陌生。不过，提到杻的另一个俗名，大家就应该熟悉得很，它就是菩提树，一种很有佛缘的树。

菩提树是榕族榕属的大乔木植物，它的特点是幼时附生于其他树上。由此看来，菩提树具有藤蔓植物的习性。

"菩提"一词是梵文 Bodhi 的音译，意思是觉悟、智慧，用以指人忽如睡醒，豁然开悟，顿悟真理，达到超凡脱俗的境界。有一个传说，在两千五百多年前，佛祖释迦牟尼原是古印度北部的迦毗罗卫王国（今尼泊尔境内）的王子乔达摩·悉达多，他年轻时为摆脱生老病死轮回之苦，解救受苦受难的众生，毅然放弃继承王位和舒适的王族生活，出家修行。经过多年的修炼，有一次在菩提树下静坐了七天七夜，战胜了各种邪恶诱惑，在天将拂晓启明星升起的时候，获得大彻大悟，终成佛陀。所以，后来佛教一直都视菩提树为圣树，印度则定之为国树。

蒲

《诗经》提到了两种蒲，这两种蒲代表了两种植物：一种代表挺水植物，如“彼泽之陂，有蒲与荷”(《陈风·泽陂》)、“鱼在在藻，依于其蒲”(《小雅·鱼藻》)、“其蔌维何？维笋及蒲”(《大雅·韩奕》)，这里的蒲是挺水植物蒲；一种则代表木本植物，如“扬之水，不流束蒲。彼其之子，不与我戍许”(《王风·扬之水》)，这里的蒲则是木本植物蒲。

今天我们要说的是木本植物蒲，也就是蒲柳，又叫水杨，属于落叶灌木。蒲柳质性柔弱且又树叶早落，所以常被用来比喻衰弱的体质。

蒲柳生来就瘦削纤细，就像《红楼梦》中的林黛玉一样，看起来有些弱不禁风。但是，蒲柳并没有向命运低头，而是奋起与波涛风雨抗争。生长在河滩的蒲柳，并没有畏惧汹涌而来的波涛，也没有屈服于狂风暴雨，即使河水将自己淹没在水下，待河水退去，蒲柳又显露出来，依然神气活现，傲视汹涛。

蒲柳喜欢生长在水边，与芦苇、蒲草等生长在一起，但是，当芦苇刚刚飘出飞絮，蒲草刚刚长出蒲棒的时候，蒲柳却未老先衰，开始落叶了。等到众多的植物枯落，蒲柳早已无牵无挂，如佛入定一般立于河滩、旷野了。

朴

朴是多音字，作武器时读pō，如朴刀；用作形容词，比喻不加修饰时读pǔ，如朴素；作植物时读pò，如朴树；作姓氏时读piáo，如韩国前总统朴槿惠。

在《诗经》里，朴是一种植物，一种树木。《大雅·棫朴》里有诗云："芃芃棫朴，薪之槱之。济济辟王，左右趣之。"意思是：棫树、朴树多茂盛，砍作木柴祭天神。周王气度美无伦，群臣簇拥左右跟。

这里的棫树和朴树，都被古人当作柴火用来祭祀天神。棫树是灌木，但朴树却是落叶乔木。朴树又叫枹树，属于榆科朴属，树高可达五六丈，木材可制器具。

朴树的一个特点是容易移栽成活，它对周围的环境适应力非常强，哪怕是穷乡僻壤，它也能生存下来。这说明朴树的品质是质朴的，就像它的名字一样，敦厚、朴素。与此同时，朴还被用来形容壮大，比如朴牛，就是大牛、公牛的意思。

《毛传》释曰："山木茂盛，万民得而薪之；贤人众多，国家得用蕃兴。"这里将棫、朴喻作贤人。而《诗集传》则写"芃芃棫朴，薪之槱之。济济辟王，左右趣之"，意思是：灌木茂盛，则为人所乐用，君王美好，则为人所乐从。这里将棫、朴比喻为君王学习的榜样。

但朴树似乎不为名利所动，它依然自顾自地生长在山野或田园之中，用《诗经》里的话来说是“芃芃棫朴”，这是不是《诗经》对朴树和棫树最好的赞美呢?

漆

看到漆，首先想到的是生活中我们用到的各种漆。其次是黑色，我们常说的眼前漆黑一片，表示眼前黑暗，伸手不见五指。但《诗经》里的漆，是指漆树，一种木本植物。

在《诗经》中，有三首诗提到了漆树。其中两首的句式大概相同，一首是《秦风·车邻》："阪有漆，隰有栗。"一首是《唐风·山有枢》："山有漆，隰有栗。"前一首的意思是山坡前生长有漆树，洼地里生长有栗树；后一首的意思是：山上面生长有漆树，洼地里生长有栗树。两首诗的句子意思是一样的，说明漆树喜欢生长在高处，栗树喜欢生长在低洼处。

除了这两首提到漆树的生长地势要求，另外一首《鄘风·定之方中》则将漆树与榛栗、椅桐、梓等树木放在一起："树之榛栗，椅桐梓漆，爰伐琴瑟。"意思是椅树、桐树、梓树、漆树的木材，可以用来制作琴瑟。由此可见，漆树的材质还是很特别的。

漆是中国最古老的经济树种之一，为漆树科落叶乔木，是天然涂料、油料和木材兼用树种，其木材坚实，籽可以用来榨油。漆又名漆树，《四川中药志》称其为干漆，湖北人称漆为大木漆、小木漆，福建、湖南人称其为山漆、植苜，山东人称其为瞎妮子。

在《诗经》提到的植物中，木本植物和草本植物是被提及最多的，原因可能是木本植物和草本植物种类比较繁多，为人们所常见，所以古人在吟诗作赋的时候，可以信手拈来，将它们写进自己的作品中。不过，大自然的生存法则是适者生存，一些植物在岁月更替下，渐渐变得稀少，而一些植物因为适应了生长环境，不仅生存下来，而且得以繁衍，甚至成为一方霸主。

漆树是一种质朴的树，从来不张扬，就像它的名字一样内敛、低调，千百年来它一直不声不响地生长在山坡高地，也生长在《诗经》里。

对于漆树，山东人最搞笑，他们称漆树为瞎妮子。妮子是用来称呼小姑娘的，说明山东人将漆树当作小姑娘来看待。这不奇怪，但让人奇怪的是，在妮子前面还要加上一个“瞎”字，这就让人大惑不解了，为什么称漆树为妮子，而且还是瞎妮子呢？难道是因为漆树质朴、清纯？而漆又代表黑色？所以就被称为瞎妮子？当然，因为我不是山东人，这只是我的个人猜测而已。

不过，漆树有毒，一些人对漆树过敏，接触到漆树，就会出现皮肤瘙痒、水肿、红斑、皮疹，严重者出现水泡等症状，有的甚至嗅或看到漆树也会发病。有人说这是心理原因，但也足见漆树毒性之大。所以，漆树外表看似朴素、清纯，但内里实则很彪悍，一般人最好敬而远之。也许，山东人称漆树为瞎妮子，就是因为漆树这种特性吧。称呼漆树为瞎妮子，代表着对漆树既爱又恨吧。但不管人们怎么看待它，伟大的诗歌总集《诗经》待漆树可是不薄，因为漆树以美好的形象出现在《诗经》里的。

杞

杞柳为杨柳科柳属灌木，生于山地河边、湿草地等。杞柳又名柳条、绵柳、簸箕柳、笆斗柳、红皮柳等。杞柳主要被人们用来编制生活用具、农具等，所以曾经被广泛栽植。

正是因为被用作农具和生活用具，所以《诗经》里多处提到了杞柳。如“将仲子兮，无逾我里，无折我树杞”(《郑风·将仲子》)、“翩翩者鵻，载飞载止，集于苞杞”(《小雅·四牡》)。这里的杞，就是杞柳。

在《诗经》中，杞柳也被称为“纪”。如“终南何有？有纪有堂”(《秦风·终南》)，意思是：终南山上可有什么好风光？有杞柳轻拂也有漂亮的甘棠。这里的纪就是杞柳。

杞柳为灌木，既然是灌木，说明它不像其他木本植物那样长成参天大树。杞柳枝条具有韧性，是编织生产农具和生活用具的好材料，比如农村人常用的箩筐、笆斗、簸箕、篓、针线匾等，就是用杞柳编织的。

杞柳生在寂寥落寞的乡野，这种环境造就了它淳朴、低调的性格。不知道为什么，我一直认为，杞柳就像一位身材颀长、俊秀的美男子，虽然身形单薄，但是却有着坚韧的品格。

关于杞柳，还卷入了圣人孟子与告子的一场争论，他们引经据典，将杞柳作为衡量人性的标尺，说明杞柳的作用不仅仅是编织器物，而且还具有与人一样的品质。《孟子·告子》记录了孟子和告子之间有关人性道德的讨论，告子曰：“性犹杞柳也，义犹杯棬也。以人性为仁义，犹以杞柳为杯棬。”意思是说：“人的本性好比杞柳树，义理好比杯盘，把人的本性纳于仁义，正好比用杞柳树来制成杯盘。”告子认为：人性变得仁义，是人为的结果。孟子则认为：如果要毁伤杞柳树的本性而制成杯盘，那就会毁伤人的本性，也就损伤了仁义。

在《诗经》中，杞柳也是美好的，你看：“无逾我里，无折我树杞。”请不要翻越我的院子，请不要折损我的杞柳，因为它是那么美好，怎么能忍心伤害它！“终南何有？有纪有堂。”终南山上可有什么好风光？有杞柳轻拂也有漂亮的甘棠。杞柳和甘棠代表了终南山上的好风光，说明杞柳在古人的眼里是多么美丽漂亮。

桑

在木本科植物中，桑是被《诗经》提到次数最多的植物，《鄘风·定之方中》《卫风·氓》《郑风·将仲子》《魏风·汾沮如》《魏风·十亩之间》《唐风·鸨羽》《秦风·车邻》《秦风·黄鸟》《曹风·鸤鸠》《豳风·七月》《豳风·鸱鸮》《豳风·东山》《小雅·南山有台》《小雅·黄鸟》《小雅·小弁》《小雅·隰桑》《小雅·白华》《大雅·桑柔》《鲁颂·泮水》等共计约有 20 篇诗歌提到了桑。

桑在《诗经》里的出镜率如此之高，与它的经济性和可食用性是密不可分的。

古时候，桑是一种重要的经济作物和食物来源，木材可制器具，枝条可编箩筐，桑皮可作造纸原料，桑叶可以用来养蚕，桑葚可供食用、酿酒，叶、果和根皮可入药，可谓全身都是宝，因此，在古时候得到普遍栽植。而因为古人有在房前屋后栽种桑树和梓树的传统，因此，也常把“桑梓”用来代表故乡。

可以说，桑树是古人再也熟悉不过的植物。有桑树的地方就有村庄，有村庄的地方就有人家，有人家的地方就有人烟，有人烟的地方就有七情六欲。人们在生产生活中劳动和恋爱，桑树园也成为古人劳动和恋爱的重要场所。

桑之未落，其叶沃若。于嗟鸠兮，无食桑葚！于嗟女兮，无与士耽！士之耽兮，犹可说也。女之耽兮，不可说也！

桑之落矣，其黄而陨。自我徂尔，三岁食贫。淇水汤汤，渐车帷裳。女也不爽，士贰其行。士也罔极，二三其德。

——《卫风·氓》

这是一首怨妇诗，男人嫌弃自己的妻子，让女子心生怨恨，伤心欲绝：桑树叶子未落时，缀满枝头绿萋萋。嘘嘘那些斑鸠儿，别把桑葚吃嘴里。哎呀年轻姑娘们，别对男人情依依。男人若是恋上你，要丢便丢太容易。女人若是恋男子，要想解脱难挣离。桑树叶子落下了，枯黄憔悴任飘摇。自从嫁到你家来，三年穷苦受煎熬。淇水茫茫送我归，水溅车帷湿又潮。我做妻子没差错，是你男人太奸刁。反复无常没准则，变心缺德耍花招。

一个怨妇与一个无情无德的男子形象，在这首诗里得到了体现。

痴情女子负心汉在《诗经》里多有表现，以至于直到今天都给女人留下这么一种错觉：男人没有一个是好东西！之所以说是错觉，是因为男人并非如女人所说的那样没有一个是好的，相反，正是因为有女人的忠贞，男人的不渝，才有美好的爱情。倘若男人没有一个好东西，哪里还有美好的爱情可言？

世上虽然有陈世美，但不是也有梁山伯吗？梁山伯与祝英台的爱情故事千百年来一直得以流传，难道不是因为梁山伯是一个好男人吗？如果梁山伯不是好男人，梁祝的爱情故事还会有那么多人称颂吗？还可以流传千年吗？

同样是写爱情，《小雅·隰桑》就欢快美好多了：“隰桑有阿，其叶有难。既见君子，其乐如何。隰桑有阿，其叶有沃。既见君子，云何不乐。隰桑有阿，其叶有幽。既见君子，德音孔胶。心乎爱矣，遐不谓矣？中心藏之，何日忘之？”

翻译成现代诗文就是：洼地桑树多婀娜，叶儿茂盛掩枝柯。我看见了那人儿，快乐滋味无法说！洼地桑树多婀娜，枝柔叶嫩舞婆娑。我看见了那人儿，如何叫我不快乐！洼地桑树多婀娜，叶儿浓密黑黝黝。我看见了那人儿，情话绵绵说不够。心里对他爱恋着呀，何不情意向他说呀！心中把他深藏起，哪天对他能忘记？你看，同样是写爱情，同样是写桑树，在不同的人眼里，就有不同的境界，《卫风·氓》幽怨，女主人公满腹怨愤、伤心；而《小雅·隰桑》欢快，里面的女主人公开心快乐，真可谓“横看成岭侧成峰，远近高低各不同”。

俗话说“鞋合不合适，脚知道”。说一千道一万，爱情是否美好、婚姻是否幸福，只有自己知道。而桑树可不管这些，它在《诗经》里兀自生长。

虽然今天桑树已经大大减少，在农村甚至已经见不到它的影子了，但是，直至今天，我们对桑树也还是颇为怀念，因为小时候，桑树就是我们的最爱，桑葚是我们最喜欢的食物。那时候吃不起水果，桑葚就变成农村孩子的水果。夏天桑葚尚未熟透，呈红色，吃起来又酸又甜，那滋味，够酸爽！等到桑葚熟透了，就变成黑色，牙一咬，就冒出甜甜的桑葚汁。吃完桑葚，我们就全部变成大花脸！

桑树留给我们太多的回忆，所以我们对于桑树是非常有感情的。相信古人对桑树也是非常有感情的，要不，怎么可能在《诗经》里占那么多的篇幅呢！

舜

舜，看到这个字，我们首先想到的是历史上的尧、舜、禹，古代部落首领舜。舜又称虞氏，出生在姚墟。传说他在接替尧担任部落首领之前接受尧的考察时，曾在历山耕田，在雷泽捕鱼，在河边的陶城制陶。后来尧把他封在虞地，舜担任部落首领后，严于律己，宽厚待人，因此很受人民的尊重。在历史上，尧、舜、禹都是明君，直到今天，仍然受到众人的敬仰。

但是，今天我们所说的舜，却是一种植物，一种树木的名字，它的另一个名字叫木槿。木槿，落叶灌木，既然是灌木，说明长得并不高，木槿一般高 3~4 米。在园林中，可以用来做绿篱。

木槿，一个多么有才气和诗意的名字，看到它，很容易让人联想到一位温婉、美丽的女子。在诗经《郑风·有女同车》中有这样的诗句："有女同车，颜如舜华。有女同行，颜如舜英。"意思是：姑娘和我同乘车，容貌就像木槿花。姑娘和我同路行，容貌就像木槿花。这里的舜，就是木槿。舜华和舜英，指的都是木槿花。

《诗经》将女子的容貌形容成舜花，由此可以看出木槿花是美丽的。

木槿为什么又叫舜？我查阅了典籍，在《本草纲目》中，木槿又被称为日及和朝开暮落花。为什么叫日及？明代医药学家李时珍说："此花朝开暮落，故名日及。曰槿，犹仅荣一瞬之义也。"由此我们可以知道，木槿花朝开暮落，花期非常短暂。由此可知，木槿叫舜，其实也有它的花期非常短暂的意思。舜的意思就是非常短暂，“一瞬间”就是说时间非常短的意思。

尽管木槿花朝开暮落，但它的花期比昙花长些，有句成语叫昙花一现，而不是舜花一现，说的是昙花的花期极其短暂。木槿花朝开暮落，花期也非常短暂，但至少要比昙花的花期要长。所以，木槿是不是应该感到庆幸?

木槿是美丽的，它的花朵就像姑娘的脸庞。木槿也成为美的代名词。有一个成语叫颜如舜华，比喻女子的容貌就像木槿花一样美丽。木槿还是韩国和马来西亚的国花，由此可见，韩国和马来西亚人对于木槿的喜爱。

木槿是美丽的，也是有文化内涵的。木槿的种子叫“朝天子”，可以入药，具有清肺化痰、解毒止痛的作用，常常被用来治疗痰喘咳嗽和神经性头痛，外用还可以治疗黄水疮。而朝天子还是词牌名，朝天子的代表名作是元朝汪元亨的《朝天子·归隐》:“荣华梦一场，功名纸半张。是非海波千丈，马蹄踏碎禁街霜，听几度头鸡唱。尘土衣冠，江湖心量。出皇家麟凤网，慕夷齐首阳，叹韩彭未央。”

“荣华梦一场，功名纸半张”代表词人看透了功禄名利，词人作《朝天子·归隐》表明自己不贪慕名利，而是选择了归隐田园，词人这种看淡人生的选择，有它的历史与现实背景，这里我们无须多作评价。不过，木槿的种子朝天子能够成为词牌名，提升了木槿的文化品位，让木槿具有文化的内涵，所以它能够进入《诗经》绝非偶然。

松

松树高大挺直，在民间一直被视为高大正直的代名词。

松为常绿乔木，十分耐严寒。松常与柏并提，称为松柏，还常被与竹、梅并提，称为“岁寒三友”。松与竹四季常青，梅则在严寒绽放，它们不畏严寒的品质，深受人们喜爱。每年春节，很多人家都会贴上这么一副春联：“松竹梅岁寒三友，桃李杏春风一家。”松被排在“岁寒三友”首位，可见松在人们心中的地位。

《荀子·大略》有诗赞松曰：“岁不寒无以知松柏，事不难无以知君子。”我国著名军事家、诗人陈毅也有诗云：“大雪压青松，青松挺且直。要知松高洁，待到雪化时。”荀子将松喻为君子，陈毅称松高洁，可见松的形象是高大的，品格是高尚的。

在我国伟大的诗歌总集《诗经》里，很多篇目都提及松，如《卫风·竹竿》《郑风·山有扶苏》《小雅·斯干》《小雅·頍弁》《大雅·皇矣》《颂·鲁颂·閟宫》《颂·商颂·殷武》等，都提到了松。

秩秩斯干，幽幽南山。

如竹苞矣，如松茂矣。

兄及弟矣，式相好矣，无相犹矣。

——《小雅·斯干》

意思是：涧水清清流不停，南山深幽多清静。有那密集的竹丛，有那茂盛的松林。哥哥弟弟在一起，和睦相处情最亲，没有诈骗和欺凌。这诗写的是兄弟之情，只要兄弟和睦相处，不钩心斗角，那么，就没有欺骗，也不会遭到别人的欺凌。所谓兄弟同心，其利断金矣！

《小雅·斯干》用松和竹来作为比喻，教育兄弟要和睦相处，做人要像竹子那样正直，松树那样高大。其实，不仅是兄弟之间相处，人与人之间相处，都应该坦坦荡荡，做到诚信待人，互相尊重、谦让，那么，相信我们的社会一定会一片和谐。

松树品质如此美好，也被历朝历代诗人所吟诵。唐代大诗人白居易在《涧底松》中写道："有松百尺大十围，生在涧底寒且卑。涧深山险人路绝，老死不逢工度之。"白居易写了松树的生长环境虽然恶劣，但是它仍然傲立，高达百尺，粗达十围。只可惜，如此高大的松树，因为生长在涧底，人迹罕至，直到老死都没有遇到能工巧匠，将自己打造成有用之才。诗人比喻一些社会良才因为没有机遇而失去了用武之地。同样是写松，唐代诗人王维的笔调就轻松多了，在《山居秋暝》中，他这样写道："空山新雨后，天气晚来秋。明月松间照，清泉石上流。"王维的这首诗描写了一幅清新、幽静、恬淡、优美的山中秋季雨后的夜晚美景，读后让人仿佛置身其中，心旷神怡。

松因为树龄较长，还被看作长寿的象征。一般人会将松与仙鹤相提并论，称为松鹤延年，被看作是长寿的化身。人们在祝寿时，也常常会用"福如东海长流水，寿比南山不老松"。

回到《诗经》里，关于松树，《郑风·山有扶苏》云："山有桥松，隰有游龙。"意思是山上有挺拔的青松，池里有丛生的水荭。同样描绘了一幅清新、幽静、恬淡、优美的山中环境。

这些诗句为松而写，也因松而得以流传。不为别的，就因为松高贵而美好的品质。所以松树生长在伟大的诗歌总集《诗经》里，《诗经》配得上它，它也配得上《诗经》。

檖

山有苞棣，隰有树檖。

未见君子，忧心如醉。

如何如何，忘我实多！

——《秦风·晨风》

这首《秦风·晨风》是《诗经》里的一首爱情诗，意思是：山坡长满那唐棣，洼地挺立那山梨。意中人儿未望见，忧心忡忡似醉迷。怎么办啊怎么办？你已把我全忘记！

诗人用唐棣和山梨来衬托自己盼望意中人而不得见的伤心之情。这也是《诗经》里常用的比兴句式。“比”就是打比方，用一个事物比喻另一个事物；“兴”就是从一个事物联想到另外一个事物。

在《诗经》里，风、雅、颂、赋、比、兴被称为《诗经》“六义”，所谓风、雅、颂，指诗的体裁分类，赋、比、兴则是表现手法。唐代孔颖达在《毛诗正义》里说“赋比兴是诗之所用，风雅颂是诗之成形”，意思是前者是诗的做法，后者是诗的体裁。

《诗经》里诗人常用的比兴句式，一般以植物来比喻和联想，如“山有苞棣，隰有树檖”。读过《诗经》的读者都会知道，《诗经》有很多诗篇里都有这种句式！

“山有苞棣，隰有树檖”，这里的树檖是倒装句式，树檖即檖树。檖树在今天叫山梨，还有一个名字叫赤罗。三国时期大学者陆玑云：“檖，一名赤萝，一名山梨。”

看到树檖这个名字，我不禁产生了这样的理解：所谓树檖，就是树中的精髓。不过，树檖可能名不副实。树檖又叫山梨，它的果实和我们平常所见到的梨一样，但是个头要比我们平常见到的梨小，小倒是符合精髓的定语，所谓浓缩的也是精华的，但是山梨吃起来有点酸，口感比我们平时见到的梨要逊色不少。

不过，树檖既然叫山梨，那么，它的花一定和我们常见的梨花一样美。每到春天，山梨树开花，将整个大地装点得一片雪白。

日本有一个山梨县，位于本州岛中部，那里森林资源丰富，是日本重要的水果生产地区，号称果树王国。山梨县虽然名气不大，但是，说起日本的一座名山大家可能都知道，这就是富士山，富士山就坐落在山梨县。

檖树叫山梨是有一定道理的，因它与山很有渊源。而且，在《诗经》里，檖树也是与山有联系的，只不过，长在山的低洼处而已。

檀

乐彼之园，爰有树檀，其下维萚。
他山之石，可以为错。
乐彼之园，爰有树檀，其下维谷。
他山之石，可以攻玉。

——《小雅·鹤鸣》

这是诗经《小雅·鹤鸣》里的诗句，意思是说：在那园中真快乐，檀树高高有浓荫，下面灌木叶凋零。他方山上有佳石，可以用来磨玉英。在那园中真快乐，檀树高高枝叶密，下面楮树矮又细。他方山上有佳石，可以用来琢玉器。《小雅·鹤鸣》里最有名的诗句是“他山之石，可以攻玉”，经常被后人引用。

这里的檀就是檀树，檀树有落叶乔木和常绿乔木之分。落叶乔木，木质坚硬，用于制家具、乐器，亦称“青檀”；常绿乔木产在热带及亚热带地区，木质坚硬，有香气，可制器物及香料，又可入药，亦称紫檀。我们所熟悉的檀木，应该是紫檀。比如，我们常见的檀香扇，带有天然的香气。而《诗经》里所说的檀树，从檀的作用及生长气候来说，应该是青檀。

在《诗经》中，檀木被广泛用于做车和船，因为古人喜欢用檀木做车，所以，古代的车子又称檀车。这一点，在诗经中多处得到印证。

坎坎伐辐兮，置之河之侧兮。河水清且直猗。不稼不穑，胡取禾三百亿兮？不狩不猎，胡瞻尔庭有县特兮？彼君子兮，不素食兮！

坎坎伐轮兮，置之河之漘兮，河水清且沦猗。不稼不穑，胡取禾三百囷兮？不狩不猎，胡瞻尔庭有县鹑兮？彼君子兮，不素飧兮！

——《魏风·伐檀》

诗的意思是说砍下檀树做车辐，砍下檀树做车轮，还有《大雅·文王之什·大明》里说："牧野洋洋，檀车煌煌。"意思是说：牧野地势广阔无边垠，檀木战车光彩又鲜明。

古人为什么喜欢用檀木做车和船？原因就是檀树木质坚硬，是制作家具的好材料。

檀是形声字，木与亶联合起来表示"具有天然香气的树木"。亶的释义是实在，诚然，信然。《尔雅》对亶的解释是："信也，又，诚也。"由此看来，亶是褒义词。亶与木合成檀，应该是好木。所以，明代医药学家李时珍在《本草纲目》里也说："檀，善木也。故字从亶，亶，善也。"

既然檀树是善树，那么，受到古人的喜爱就不奇怪。古人用檀木来做车做船，也就可以理解。不仅如此，檀树还被古时的女子借来示爱。比如，《郑风·将仲子》诗云："将仲子兮，无逾我园，无折我树檀。岂敢爱之？畏人之多言。仲可怀也，人之多言，亦可畏也。"意思是：仲子哥啊你听我言，别越过我家菜园，别折了我种的青檀。哪是舍不得檀树啊，我是害怕邻人毁谗。仲子哥实在让我牵挂，但邻人流言也让我害怕。通过这首诗，一个怀春少女的幸福、期待、紧张、害羞、担心等复杂情愫一览无余。女子既希望与自己的心上人相会，又担心邻居说自己的坏话，损害了自己的名誉，于是劝情郎在和自己约会时，千万别越过自家的菜园，别碰断自家的檀树。女子自己也说，自己并不是心疼菜园和檀树，而是担心邻居的流言，因为人言可畏啊。

要知道，古人对自己的名声，看得可是比生命还重呢。不像今天，倡导恋爱自由。

檀，代表善良，美好。檀木不仅古人喜欢，现代人依然喜欢。难怪檀在《诗经》里活得那么美好，那么让人羡慕，那么让人嫉妒！

唐 棣

唐棣，有的也写作常棣、棠棣，又称扶移、红枸子，是蔷薇科落叶乔木。

在古代，唐棣是受到古人喜爱和赞赏的植物。在《诗经》里，提到唐棣的篇章，都是赞美它的，这让唐棣感到无比的荣耀。

要知道，《诗经》里的植物，可并不都是以美好形象示人的。在《诗经》里，植物就与我们人类一样，既有正面角色，也有反面角色。《诗经》里的植物同样如此，它们有的以正面形象出现，有的则以反面形象出现，有的获得表扬与赞美，有的受到鄙视和诅咒。

应该说，唐棣能够得到《诗经》的赞美，是它最大的荣耀！

请看《诗经》是如何赞美唐棣的：

《召南·何彼襛矣》里说："何彼襛矣，唐棣之华！"意思是：怎么那样秾丽绚烂？如同唐棣花般美艳。《小雅·常棣》里说："常棣之华，鄂不韡韡。凡今之人，莫如兄弟。"意思是：高大的棠棣树鲜花盛开时节，花萼花蒂是那样的灿烂鲜明。天下人与人之间的感情，都不如兄弟间那样相爱相亲。

你看，在古人眼里，唐棣是那么的灿烂、美丽，唐棣的花萼与花蒂，就像亲兄弟那样相亲相爱。古人将唐棣的花萼与花蒂比喻成亲兄弟一样，这多么贴切。人们常常用手足相连形容兄弟，花萼与花蒂也是手足相连！

《诗经》的另一首诗《小雅·采薇》也赞美了唐棣："彼尔维何，维常之华。"这里的常，就是唐棣。意思是：什么花儿开得盛？唐棣花开密层层。你看，唐棣在古人的眼里是繁荣茂盛的象征，如此褒奖，唐棣是不是应该骄傲一下呢？

古人喜欢唐棣，大概也与它的性格有关。唐棣应该是淡泊名利的。一般的花春天一到就急不可耐地绽放，急着向世人展示自己的美，但唐棣不与其他的花儿争春，春天就要过去了，别的花都开过了，它才慢慢地绽放。

唐棣的性格受到了历代诗人的赞美，唐代诗人张九龄有诗曰："兴属蒹葭变，文因棠棣飞。"在诗人的眼里，自己的文章可是因为棠棣才文采飞扬的，你看，唐棣让诗人诗兴大发，文采斐然。宋代诗人苏轼在《生日王郎以诗见庆次》一诗里说："棠棣并为天下士，芙蓉曾到海边郛。"以棠棣代指作者与王郎的兄弟关系与情谊，称二人都是天下名士。

桃

桃之夭夭，灼灼其华。
之子于归，宜其室家。
桃之夭夭，有蕡其实。
之子于归，宜其家室。
桃之夭夭，其叶蓁蓁。
之子于归，宜其家人。

——《周南·桃夭》

这是《诗经》里的一首脍炙人口的诗歌，“桃之夭夭，灼灼其华”后来常常被人们引用。

桃是我们最常见的一种果树。在农村，桃树有很多。房前屋后，都是桃树生长的地方。每年春天，桃花盛开，村庄的上空被桃花映成粉红的一片，天空都是亮的。这是村庄最艳丽的时候。待桃花落尽，春天也就渐渐远去。

桃也是常见的水果，在农村或城市的超市里，我们都可以见到桃的身影。桃的外形特别可爱，外表白里透红，让人爱不释手。《王贞农书》认为桃为“五木之精”，驱邪必自扶正，所以人们常常用桃子来祝寿，称为“寿桃”。

因为桃是“五木之精”，具有驱邪作用，所以桃树在民间被广为栽植。农村有这样的习俗：婴幼儿随爸爸妈妈回姥姥家或外出，爸爸妈妈一般都会折一支新鲜的桃枝，让孩子握在手里或放在抱被里，据说可以用来避邪，保佑孩子健康平安。这种习俗，直到今天依然传承着。所以，当你看到年轻的爸爸妈妈抱着婴幼儿，婴幼儿怀里放着一支新鲜的桃枝，请不要惊讶，这是祈祷孩子健康平安的意思。

由于桃树具有安康的寓意，所以还被文人引申为对美好生活的向往。魏晋文学家、隐士陶渊明就有一篇著名的文章《桃花源记》，记述了一位武陵捕鱼人误入桃花源的故事。这位武陵捕鱼人“缘溪行，忘路之远近。忽逢桃花林，夹岸数百步，中无杂树，芳草鲜美，落英缤纷，渔人甚异之。复前行，欲穷其林。林尽水源，便得一山，山有小口，仿佛若有光”，进入洞口后，捕鱼人见到了这样的美好景象：“有良田美池桑竹之属。阡陌交通，鸡犬相闻。其中往来种作，男女衣着，悉如外人。黄发垂髫，并怡然自乐。”显然，在陶渊明的笔下，这样的生活当属“世外桃源”，后人就以“世外桃源”来比喻美好的生活。

在《诗经》中，除了“桃之夭夭，灼灼其华”以外，还有“园有桃，其实之肴”“何彼襛矣，华如桃李”这样的诗句，桃都是以艳丽、美好的形象出现的。

今天，桃成为进入市场销售的水果。小时候，农村的桃子可不这样。桃树在农村极为常见，农村人非常敦厚，等到桃子熟了，采摘下来，除了自己吃，还会送给左邻右舍品尝。而桃树多的人家，也有将桃子拿到集市上出售的，价格也非常便宜。用农村人的话来说是“自家收的”，也不在乎价钱。在他们看来，“自家收的”就不需要成本，所以价钱卖多卖少无所谓。这种钱财观，既反映了农村人的敦厚朴实，也代表了那时候的市场，销售的可都是“放心菜”“放心水果”。

诗经“园有桃，其实之肴”，描写的正是小时候农村的情景：园中有桃树，它的果实可以食用，如同美味佳肴。

有一句成语，“投之以桃，报之以李”，相信大家都知道，寓意是要礼尚往来，知恩图报。这个成语出自《诗经》。《大雅·抑》有诗曰：“投我以桃，报之以李。”意思是别人把桃子送给我，我则以李子回赠给他，比喻相互赠答。

《诗经》留给我们的不仅仅是优美的诗歌，其中也蕴含了很多做人的道理。由此看来，《诗经》确实值得一读！

条

“终南何有？有条有梅。”这是《诗经·秦风·终南》里的诗句，这里的条是一种树木，即楸树。

古人为植物取名字非常有意思，楸树在古时称条。只是随着语言和文字的发展，一些名称也跟着发生了变化，古人所说的条，也就渐渐演变成了楸树。

楸树俊秀，高大挺拔，枝繁叶茂，在今天是园林观赏树种。在古代也是作为观赏树来看待的，比如，皇宫中以及大户人家的庭院，还有古寺庙宇，都会栽植楸树来美化环境。

楸树的花多盖冠，形状似钟，每到花期，繁花满枝，随风摇曳，令人赏心悦目。《埤雅》载：“楸，美木也，茎干乔耸凌云，高华可爱。”古人对楸树的定语是美木，由此看来，楸树是美丽的，它被用来美化环境是有道理的。

而楸树除了具有观赏价值以外，还具有防噪音、吸尘、抗毒的作用，是一棵名副其实的健康树。2002 年，楸树被联合国世界健康学协会认定为“人类健康树种”，由此看来，楸树其实也是健康的象征。

楸树材貌皆佼，可以说是树中美男子。而楸树的美，并非浪得虚名，唐代诗人韩愈写了一首《楸树》：“几岁生成为大树？一朝缠绕困长藤。谁人与脱青罗帐，看吐高花万万层。”一句“看吐高花万万层”尽显楸树的俊秀美丽。宋代诗人苏轼也有诗赞美楸树："楸树高花欲插天，暖风迟日共茫然。"一句"楸树高花欲插天"尽显楸树的高大挺拔。这是诗人眼中和笔下的楸树之美。

对于楸树名字的来历，李时珍在《本草纲目》里说："楸叶大而早脱，故谓之楸；叶小而早秀，故谓之榎。"说明楸树的叶子早生也早脱。

楸树木材质地坚韧致密、细腻、软硬适中，具有不翘裂、不变形、易加工、易雕刻、易干燥、耐磨、耐腐、隔潮等优点。我国四大发明之一的活字印刷术制版所用的字模，非楸、梓木而不能用，说明了楸木的独特性。

梧　桐

俗语说“凤凰不落无宝地”，又有俗语说“没有梧桐树，引不来金凤凰”。由此看来，梧桐可是宝树，它可以引来凤凰哩！

凤凰是传说中的神鸟，是鸟中之王，也是吉祥高贵的象征。人们凤凰落脚栖息的地方是风水宝地。人们常常用龙凤来比喻人的高贵，封建社会的皇帝一般被视为龙，而皇后则被视为凤。人们还用龙凤呈祥来比喻生活的幸福吉祥，所以龙凤呈祥的图案一般被用在新人结婚的场合。

传说梧桐能引来凤凰，由此可见梧桐的不一般。宋代邹博在《见闻录》里说：梧桐百鸟不敢栖，止避凤凰也。你看，就因为梧桐是凤凰栖息的地方，其他的鸟就不敢栖息在梧桐树上。由此可见，凤凰的高贵和威严，而梧桐自然也就占了凤凰的光，成为宝树。

诗经《大雅·卷阿》云：“凤凰鸣矣，于彼高冈。梧桐生矣，于彼朝阳。菶菶萋萋，雝雝喈喈。”这也见证了梧桐与凤凰的关系。诗的意思是：凤凰鸣叫示吉祥，停在那边高山冈。高冈上面生梧桐，面向东方迎朝阳。枝叶茂盛郁苍苍，凤凰和鸣声悠扬。你看，这是多么美丽祥和的一幕场景？

梧桐又有青桐、碧梧、青玉、庭梧之称。古代传说梧是雄树，桐是雌树，梧桐同长同老，同生同死，且梧桐枝干挺拔，根深叶茂，在诗人的笔下，成了忠贞爱情的象征。不过现代科学考究，梧桐属于雌雄同株，而并非古人所说的梧是雄树，桐是雌树。

除此之外，历代诗人、词人也用梧桐来表达离愁别绪，如李煜的“无言独上西楼，月如钩。寂寞梧桐深院锁清秋”（《相见欢》）、李清照的“梧桐更兼细雨，到黄昏，点点滴滴。这次第，怎一个愁字了得”（《声声慢》、冯延巳的“昔年无限伤心事，依旧东风。独倚梧桐，闲想闲思到晓钟”（《采桑子》）、晏几道的“卧听疏雨梧桐，雨余淡月朦胧。一夜梦魂何处，那回杨叶楼中”（《清平乐》）。这些孤独忧伤的诗句，读来让人愁绪顿生，也为梧桐蒙上了忧伤的色彩。

在苏北，梧桐其实并不多见，常见的是外形酷似的法国梧桐。很多人认为，法国梧桐就是我们所说的梧桐，但中国梧桐是梧桐科梧桐属的植物，属落叶大乔木，而法国梧桐是悬铃木科，悬铃木属。两种树的科属均不同，说明法国梧桐并不是中国的梧桐，当然，也就不是《诗经》里的梧桐了。

梧桐还可制作乐器，《齐民要术》云：“梧桐生山石间者，为乐器更鸣响也。”说明梧桐是制作乐器的好材料。汉朝的桓谭在《新论·琴道》中说：“昔神农氏继宓义而王天下，亦上观法于天，下取法于地，近取诸身，远取诸物，于是始削桐为琴，绳丝为弦，以通神明之德，合天地之和焉。”桓谭认为最早的古琴是神农氏用梧桐制成的。而古琴被列为琴、棋、书、画“四艺”之首，学习古琴也是古代文人雅士的必习之技。

既然琴在古人心目中地位如此重要，那么对于制作琴的选材，当然也就有了特别的讲究，而梧桐正好解决了古人制作古琴选材的问题。由此看来，梧桐也还是有自己独特的一面。

栩

栩是诗经中提到的一种植物，也就是栎树，也有解释是柞树。但是，有人考证，栎树和柞树是不同的树种，不过，人们很难分出栎树与柞树的区别，因为它们无论是树干还是枝叶、果实，看起来都相差无几。

栎树在诗经里被称为是栩。《小雅·黄鸟》有诗云："黄鸟黄鸟，无集于栩，无啄我黍。"面对狡猾的黄鸟啄食自己的粮食，古人无可奈何，只能这样数落：黄鸟黄鸟你听着，不要落在栎树上，不要啄食我黍粱。只是，黄鸟会听他的数落吗？

《诗经》里的黄鸟那么嚣张，肆意啄食古人的粮食，无视古人的咒骂，要是放在今天，估计就没有那么好的运气了！

在《诗经》里，有好几篇提到了栩，如《陈风·东门之枌》里说："东门之枌，宛丘之栩。子仲之子，婆娑其下。"意思是说：东门有白榆，宛丘有栎树，子仲家的姑娘，树下来跳舞。还有《小雅·四牡》里说："翩翩者鵻，载飞载下，集于苞栩。"意思是鹁鸠从远处翩翩飞来，有时高空飞，有时低处翱翔，最终落在茂密的栎树上。

看到"栩"字，我们首先想到的是"栩栩如生"这个成语。栩栩如生形容作品、画作生动逼真，就像活的一样。不过这个成语并非出自《诗经》，而是出自《庄子·齐物论》。《庄子·齐物论》里说："昔者庄周梦为蝴蝶，栩栩然蝴蝶也，自喻适志与！"意思是说，庄周做了一场梦，梦见自己变成一只美丽的蝴蝶，比真的蝴蝶还美，活灵活现，在空中翩翩起舞。他自觉非常快活得意，简直忘记了世界还有庄周这么一个人。后来就衍生了“栩栩如生”这个成语。这里的“栩栩”是形容生动活泼的样子，并非《诗经》里所指的植物栩，也就是栎树。

小时候，村庄上有一棵栎树，栎树的果实形似蚕茧，故又称“栗茧”。“栗茧”外表是硬壳，内有仁。小时候，我们最喜欢做的一件事就是做“烟袋锅”——将“栗茧”顶部挖一个洞，侧面挖一个洞，然后将里面的仁挖出来，这样就形成了一个空洞，然后找来一段空心竹子，将竹子一端插入挖好的洞，“烟袋锅”就做好了，将香烟塞入“栗茧”的另一个洞里，嘴里叼住空心竹子，点燃香烟，就可以像大人的烟袋锅那样吸烟了。不过，后来这棵栎树被砍掉了，我们就再也没法做“烟袋锅”了！

后来读到《诗经》才知道栎树，原来，我们小时候所玩过的“栗茧”，可是生长在《诗经》中的植物啊！

檿

檿读 yǎn，是一种树木，又叫山桑。

在诗经《大雅·皇矣》里有这样的诗句："攘之剔之，其檿其柘。"意思是：将它排除，将它剔除，山桑黄桑杂生四处。这里的檿指的是山桑，柘指的是黄桑。

在这里，山桑和黄桑都被古人视作杂树，这不奇怪，山桑属于小乔木或灌木，不像那些高大树种，能长成参天大树。山桑和灌木一样丛生，被古人视为路障很正常。想想被称为灵寿木的椐树，树高可达五六丈的朴树，都被古人当作路障清除，小小的山桑又算什么呢？

既然叫山桑，肯定生长在山上，山桑是山的植被家族中的一员，它的职责，就是守护、绿化大山，让山看起来更加美丽。如果没有这些植物覆盖，那么，山必然是光秃秃的，光秃秃的山只能叫贫山了。当然，这样的山看起来也不美丽。

山桑在《诗经》里被古人当作杂树清理掉，但它并非一无是处，山桑的叶子可用来喂蚕，内皮可以用来造纸。而古人早就用山桑来养蚕了，北周庾信《周大将军上开府广饶公郑常墓志铭》里有这样的描述："山桑野蚕，足克贡赋。"你看，古人用山桑来养蚕，所得的收入足以用来缴纳官府的税赋，可见，养蚕在古时是一种收入颇丰的副业。

山桑还有一个用处，就是可以用来制作箭弓。如此看来，山桑与楛树倒是一对好搭档呢。你看，楛木可以做成箭矢，山桑可以制作箭弓，它们的搭配堪称珠联璧合！对于山桑制作箭弓，古人也是有描述的，唐代大诗人李贺有诗《野歌》曰："鸦翎羽箭山桑弓，仰天射落衔芦鸿。麻衣黑肥冲北风，带酒日晚歌田中。"你看古人用乌鸦翎羽做成的箭和用山桑制作的弓，射落了在空中衔着芦苇飞过的鸿鹄，颇有弯弓射大雕的气势。而这固然是古人的射箭术精湛，但是，鸦翎羽箭和山桑弓也堪称威力无比，没有它们的帮助，估计古人也只能仰望天空飞过的鸿鹄而仰天长叹，眼睁睁地看着它们越飞越远！

杨

东门之杨，其叶将将。
昏以为期，明星煌煌。
东门之杨，其叶肺肺。
昏以为期，明星晢晢。

——《陈风·东门之杨》

这首《陈风·东门之杨》描写了杨树的风采。在《诗经》中，有多篇诗歌提到了杨树，由此可见，杨树也是古老的树种。

古有“羌笛何须怨杨柳，春风不度玉门关”“沾衣欲湿杏花雨，吹面不寒杨柳风”“杨柳青青江水平，闻郎江上唱歌声”，今有“春风杨柳万千条，亿万神州尽舜尧”等诗句，但是，这里的杨，并非《诗经》里提到的杨。这些诗句里的杨柳，属于柳树的一种，而《诗经》诸篇提到的杨，指的是杨树。所以，这里的杨，不可与柳相提并论。

杨树在我国具有数千年的栽植历史，杨树有青杨、白杨、黑杨、胡杨、大叶杨之分，主要分布于华中、华北、西北、东北等广阔地区。在杨树中，最著名的则非胡杨莫属！胡杨是自然界稀有的树种之一，树龄可达两百年。胡杨一般生长在极旱荒漠区，为适应干旱环境，生长在幼树嫩枝上的叶片狭长如柳，大树老枝条上的叶却圆润如杨。

胡杨的生命力极强，能在炎热干旱的沙漠地区生长。胡杨树龄老化时，它会逐渐自行脱离树顶的枝杈和树干，直到老死枯干，仍旧站立不倒。人们赞扬胡杨是“生而不死一千年，死而不倒一千年，倒而不朽一千年，三千年的胡杨，一亿年的历史”。由此可见胡杨的铮铮铁骨和不屈的品质。

不过，在我们身边，见得最多的杨树则是白杨。著名文学家茅盾有一篇散文《白杨礼赞》，赞美了白杨挺拔、坚强、不屈的品质。作者通过对白杨树的赞美，歌颂了正在坚持抗日战争的北方农民，及其代表的我们民族的质朴、坚强、力求上进的精神。在文学家的笔下，白杨“是力争上游的一种树”，笔直的干、笔直的枝都引人瞩目，让人赞叹。特别是白杨“不折不挠，对抗着西北风”，这是一种何等坚强不屈的精神？

杨树得名，《说文解字》对“杨”字的解释是杨树生长迅速，是最早能形成遮阳作用的树，所以“杨”字的繁体写法“楊”的右边部分取自“阳”字的繁体写法“陽”。还有一种说法，说杨树生长迅速，高大挺拔，树冠有昂扬之势，因此得名为“扬”。而“扬”与“杨”读音相同，因此称“扬树”为“杨树”。

在《诗经》中，杨树屡屡被提及，《秦风・车邻》《陈风・东门之杨》《小雅・南山有台》《小雅・菁菁者莪》《小雅・巷伯》《小雅・采菽》等篇章均提到了杨树。作为朴质、坚强、力求上进的树，《诗经》赞美杨树，自有它的道理，而杨树能够进入《诗经》，凭借的也是自己的真实本领。由此可见，杨树能获得质朴、坚强、力求上进的赞誉，并非浪得虚名！

椟

《小雅·四月》是一首流放诗，是一位遭到流放的官吏记录自己流放历程、抒发忧愤之情的诗。“山有蕨薇，隰有杞椟。君子作歌，维以告哀”是诗歌的最后一段，意思是：蕨菜豌豆长在山里，杞树、椟树长在洼地。我今作首歌儿唱，诉说痛苦与哀伤。

诗人以诗歌的形式抒发了强烈的悲愤之情，而这首诗对后世诗人产生了深远的影响。在封建社会，官员遭到流放是常事。历史上，很多从政的大诗人或政治上不得志，或因为得罪权贵而遭到贬谪、流放，如唐代刘禹锡因为革新失败，被贬为连州（今广东连县）刺史，行至江陵，又再被贬为朗州（今湖南常德）司马；另一位同时代大诗人柳宗元，也因为革新失败，相继被贬为邵州刺史、永州（今湖南零陵）司马；宋代大诗人苏轼，先后被贬谪到黄州、惠州、儋州，苏轼在被贬黄州期间，写下了《念奴娇·赤壁怀古》这首千古绝唱：“大江东去，浪淘尽，千古风流人物。故垒西边，人道是，三国周郎赤壁。乱石穿空，惊涛拍岸，卷起千堆雪。江山如画，一时多少豪杰！”这首词豪放中透着凄凉，诗人壮志未酬、满腔忧愤得到了淋漓尽致的体现。

而像屈原、杜甫这样的大诗人，也因为仕途不顺，难以实现自己的政治抱负而忧愤交加，他们创作的诗歌一定程度上受到这首《小雅·四月》影响，可见，《诗经》对后世诗人的影响之大！

“山有蕨薇，隰有杞桋。”隰在古代指洼地，“隰有杞桋”就是说枸杞和桋树是长在低洼处的。这里的桋树就是赤楝树，楝读 sè。

对于桋树为什么叫赤楝，三国时期学者陆玑在《毛诗草木鸟兽虫鱼疏》里说：“楝叶如柞，皮薄而白，其木理赤者为赤楝。一名桋，白者为楝，其木皆坚韧，今人以为车毂。”也就是说，赤楝的叶子与柞树（橡树）的叶子差不多，木质呈红色的叫赤楝，呈白色的则叫楝。无论是赤楝还是楝，木质均十分坚韧，因此被人们用来制作车的轮毂。

众所周知，古代的车不像今天的车，内有轮毂，外有轮胎。古代的车都是轮毂直接触地，因此磨损非常厉害。而这些轮毂都是由木头制作而成，因此对木材的硬度与韧度都有一定的要求。桋树被作为轮毂所用，由此可见，桋树是非常坚硬的。

唐代大诗人李白有诗云：“天生我材必有用。”而植物就像我们人类一样，每一种植物，都有它的用途。

椅

看到椅，我们首先想到的是家里坐的椅子。然而，在《诗经》里，椅却是一种树的名字。椅树？好奇怪的名字，难道是专门用来做椅子的树吗？

你听说过椅树吗？没听说过？没关系，《诗经》里早就对椅树做了介绍。

定之方中，作于楚宫。

揆之以日，作于楚室。

树之榛栗，椅桐梓漆，爰伐琴瑟。

——《鄘风·定之方中》

这里的椅，指的就是椅树。“椅桐梓漆，爰伐琴瑟”说的是椅、桐、梓、漆这四种树木，其木材是可以用来制作琴瑟的，可见椅树的材质不是一般的好。一般来说，能制作成乐器的木材比较特殊，因为乐器对制作材料有一定的要求，并不是哪种树木都可以随随便便拿来用，所以椅树应该是与众不同的。

椅树今天我们叫它山桐子，别名又叫水冬瓜、水冬桐、椅桐、斗霜红。你看，虽然椅树与琴瑟扯上了关系，代表着高雅，但它的别名却很俗气。水冬瓜这个别名简直土得不能再土，俗得不能再俗了！即使是斗霜红这样带点诗意的别名，也隐隐透着乡土气息，让人想到与风霜相斗，而且越斗越红，与村人的品格一样，吃苦耐劳，不畏风霜，不畏严寒，粗犷中透着坚韧，天生一股不服输的劲！

椅树的特别之处是，它还可以炼油。经过现代科学检测，椅树中果肉含油 43.6%，种子含油 22.4%~25.9%，平均含油量 36.3%。如此多的含油量，让椅树有“树上油库”之称。2011 年，椅树油成功试用于飞机燃油，可见椅树适用范围之广泛。

不仅如此，还可以从椅树中提炼食用油，椅树油中亚油酸含量高达 58%~81%，其营养价值大于多数高端木本食用油。椅树油既可以用于工业又可以食用。

尽管如此，椅树依然是低调的，就像它的别名一样，看起来没什么特别，但是，我们别忘了，它可以用来制作乐器，还可以为我们提供燃油和食用油，可以称得上是宝树，所以我们要像珍惜《诗经》一样好好地珍惜它！

楰

在《诗经》中，有一首颂德祝寿的宴饮诗，它就是《小雅·南山有台》。

南山有枸，北山有楰。
乐只君子，遐不黄耇。
乐只君子，保艾尔后。

——《小雅·南山有台》

意思是：南山生枳椇，北山长苦楸。君子很快乐，哪能不长寿。君子真快乐，子孙天保佑。

《小雅·南山有台》里的楰，即苦楸树。苦楸树只是比楸树多了一个“苦”字，难道它是楸树的一种？楸树在古人眼里是美木，但美木前加一个“苦”字，岂不是自相矛盾？显然，多了一个“苦”字的苦楸树，与楸树可能有所差距。不过，既然与美木产生了联系，估计即使有差距，也差不到哪里去吧。

苦楸树又叫鼠梓，看到这个名字，就知道它与楸树应该有差别。有人认为鼠梓又叫鼠李，对此，明代医药学家李时珍说：“鼠李，方音亦作楮李，未详名义。可以染绿，故俗称皂李及乌巢。巢、槎、赵，皆皂子之音讹也。一种苦楸，亦名鼠梓，与此不同。”由此看来，鼠梓并非鼠李。

在《小雅·南山有台》中，楰与桑、杨、枳椇、枸杞、菩提等树木一起被用来贺寿，可见苦楸树应该与健康长寿有关。只是我实在想不明白，这么代表健康长寿的树，为什么名字里面要带一个“苦”字？难道是它极耐风寒，即使在凄风苦雨里也能顽强生长？又或者是它体验到生活的艰苦与不易，所以才在名字里用苦字来体现？

楸树的特性是较耐寒，寿命长。苦楝树的果实是苦的，因此被称为苦楝树。果实像枣树结出的枣子一样，只是比枣子要小得多，我们称它们是“楝枣”。小时候，小伙伴玩游戏的时候，常常拿“楝枣”作为攻击对方的“子弹”。但我根本不知道苦楸树长什么样，所以只能依靠想象，或者手捧《诗经》，遥想当年古人在苦楸树下劳动和休息，想象风吹过苦楸树，树叶婆娑的样子。

由苦楸树的名字我想到了人类，人类有时候会用苦字来形容生活境况的艰难。比如，苦孩子、苦人家等，说的是家境贫困，生活艰苦。还有苦命人，意思是这个人生活不顺，多灾多难。不过，苦字用在树木的身上，应该不是这个意思。比如苦楝树，它的果实是苦的，但这是否是名字的由来，还有待定夺。

榆

山有枢，隰有榆。
子有衣裳，弗曳弗娄。
子有车马，弗驰弗驱。
宛其死矣，他人是愉。

——《唐风·山有枢》

这首《唐风·山有枢》的意思是说：山坡上面有刺榆，洼地中间白榆长。你有上衣和下裳，不穿不戴箱里装。你有车子又有马，不驾不骑放一旁。一朝不幸离人世，别人享受心舒畅。

这首《唐风·山有枢》可以看作是劝世诗，做人要及时行乐，有衣服要穿，有车马要乘骑，有庭院房屋要打扫，有钟鼓要敲打，有美酒和佳肴要享受，不然，一朝你离世，这些东西就会被别人占有。

从个人的角度来看，这首诗说得不无道理，就像民间常说的："人生在世，吃喝二字。"

及时行乐，可以说这是最世俗的人生观，被更多的人接受和采纳。这也是一种生活方式，体现的是一个人最普世的价值观。当然，我们也需要大公无私、奉献社会的英雄，但更多的时候，更多的人，只能局限于自己对人生价值的认识，从而选择适合自己的生活方式和人生观、价值观，这是每一位公民的权利，我们无权加以干涉。

而这种享受人生的道理，一代枭雄曹操就说得非常文雅、大气，他在《短歌行》里说："对酒当歌，人生几何！譬如朝露，去日苦多。慨当以慷，忧思难忘。何以解忧？唯有杜康。"曹操的这首诗歌言志与抒情相结合，抒发了诗人对人生苦短的忧叹，面对人生的苦短与无奈，诗人倡导以酒解忧。但这首诗并非颓废之作，而是借诗言志，抒发了作者渴望招纳贤才、建功立业的宏图大愿。

"山有枢，隰有榆"说的是山坡上面有刺榆，洼地中间长着白榆。枢为刺榆。刺榆与白榆是两种不同的树种。刺榆为荨麻目刺榆属植物，耐干旱，各种土质都能生长，所以它可以生长在土壤贫瘠的山上。而白榆为榆目榆科植物，其枝皮纤维可代麻制绳、麻袋或做人造棉和造纸原料，树皮可制淀粉，其幼叶可食或做饲料。对于榆树叶可食用这一点，二十世纪七八十年代很多农村的孩子可能都知道，那时候因为缺少粮食和蔬菜，很多人家喜欢采摘榆树叶做成榆树饼，或者用榆树叶煮稀饭。

在《诗经》中，榆树又被称为枌，《陈风·东门之枌》里说："东门之枌，宛丘之栩。"说的是东门有白榆，宛丘有栎树。

榆树的花香甜可口，为铜钱形状，故被称为"榆钱"。榆钱又是"余钱"的谐音，因而民间就有吃了榆钱可有"余钱"的说法，这也让吃榆钱成为一种习俗，这种习俗寄托了人们对家有余钱的向往与追求。如今，人们的生活水平提高了，不仅家有余钱，而且用上了现代化的交通工具，住上了现代化的楼房，对于"余钱"是早已习以为常。而现代化农业生产让蔬菜品种丰富，再加上榆树的减少，所以人们也就渐渐忘了吃榆钱的习俗。但尽管现代人丢弃了吃榆钱的习俗，忘记了榆树，《诗经》却没有忘记，榆树在《诗经》里可是活得好好的呢！

郁

郁，即郁李。不知道郁李的“郁”是郁郁葱葱的郁，还是忧郁的郁。若是郁郁葱葱的郁，郁李可是旺盛得很呐。若是忧郁的郁，可就让人伤感了！

不过，这些只是笔者的个人猜测，实际上，郁李的“郁”是芳香馥郁的郁。明代医药学家李时珍说：“郁，《山海经》作馥郁也。花、实俱香，故以名之。”

由此看来，郁李可是芳香馥郁的植物。而对于郁李，大医士陶弘景是这样说的：“山野处处有之。子熟赤色，亦可啖。”由此可见，郁李生命力还是非常旺盛的，而且它的果实还可以食用。你说，如此芳香馥郁又可食用的郁李，古人怎么能不喜欢呢?

《诗经·豳风·七月》里也提到了郁李：“六月食郁及薁，七月亨葵及菽。”意思是：六月食李和葡萄，七月煮葵又煮豆。在《诗经》里，《豳风·七月》是提及植物最多的诗篇，而且各种植物的特性都从诗中体现出来了，比如，六月食郁及薁，就是说郁李和葡萄一样，在六月就成熟了，可以食用了。

《豳风·七月》可以说就是《诗经》里的“小百科”，若是读懂《豳风·七月》，不仅能知道很多植物，而且还可以掌握它们的生长习性。

郁李不仅可作为水果食用，而且还可以入药。明代医药学家李时珍说："郁李仁甘苦而润，其性降，故能下气利水。"意思是郁李具有解气结的作用。

据《宋史·钱乙传》载："一乳妇因悸而病，既愈，目张不得瞑。乙曰：煮郁李酒饮之使醉，即愈。所以然者，目系内连肝胆，恐则气结，胆横不下。郁李能去结，随酒入胆，结去胆下，则目能瞑矣。"意思是说，一名处于哺乳期的女子，因为受到惊吓致病，等到病好了，却发现眼睛不能闭上，从而影响睡觉，后饮用郁李酒治愈了目不能闭的毛病。

在今天，郁李是园林中重要的观花、观果树种，其花蕾形似宝石，花呈桃红色。待到果实成熟时，呈深红色。郁李无论是花还是果，都非常美丽可爱，具有观赏价值。因此将郁李作为观赏树种，既可以赏花，又可以观果，可谓是一举两得。

尽管《诗经》中提及郁李时只是寥寥数语，但却让人们记住了它的名字，毕竟它也是植物世界中的一员。

棫

棫又叫白桵，亦称“白蕤”，属于灌木。

在《诗经》中，有多首诗篇提到了棫，如《大雅·棫朴》：“芃芃棫朴，薪之槱之。”《大雅·緜》：“柞棫拔矣，行道兑矣。”《大雅·旱麓》：“瑟彼柞棫，民所燎矣。”《大雅·皇矣》：“帝省其山，柞棫斯，松柏斯兑。”这些诗篇里提到的棫，指的都是白桵。

在《大雅·皇矣》中，不仅提到了棫，还提到了很多树木，是《诗经》中树木植物较多的诗篇，如柽、椐、檿、柘、柞、松、柏等。

因为棫、柽、椐、檿、柘等都是灌木植物，不像其他木本植物那样能长成参天大树，因此只能被古人当作杂树清理掉，至多也就是作为柴火烧锅而已。这在以上几首诗篇中均得到了体现。比如“芃芃棫朴，薪之槱之”，就是将棫树和朴树砍作木柴来祭祀天神；“瑟彼柞棫，民所燎矣”也是将柞树和棫树作为柴火；“柞棫拔矣，行道兑矣”则是将柞树和棫树当作路障铲除的，以保证古人“行道兑矣”。棫（白桵）、柽（柽柳）、椐（灵寿木）、檿（山桑）、柘（黄桑）等灌木植物，因为难以长成大树，所以被古人无视，其命运基本都是被作为柴火或者作为杂树清理掉。

对于棫为什么叫白桵，李时珍在《本草纲目》里是这样说的：“尔雅棫白桵即此也。其花实甤甤下垂，故谓之桵。棫的果实甤甤下垂，因此被称为白桵。后人作蕤。”

棫叫白桵，又叫白蕤，是因为它的果实甤甤下垂，甤指的就是草木花实下垂的样子。白桵丛生，茎上有刺，果实紫红色，可以吃，果实蕤核仁可以做药用。大医士陶弘景称蕤核仁“大如乌豆，形圆而扁，有文理，状似胡桃核”。《本草纲目》里也说蕤核是本经上品，具有明目之功效，主治目赤痛伤流泪、鼻衄。蕤核的另一神奇功效是“生治足睡，熟治不眠”。

其实，《诗经》里猜不透的植物还有很多，它们一个个身怀绝技，像隐士一样，隐匿在《诗经》里，隐匿在岁月的深处！

枣

对于枣树，也许很多人没有亲眼看到过，但是对于枣子，相信大家都是熟悉的。枣子是枣树的果实，虽然个头不大，但是却营养丰富，有强身健脑的作用。每年夏秋之际，市场上就有新鲜的枣子上市。

对于枣树，在文字中比较熟悉的是著名文学家鲁迅笔下的枣树。鲁迅写于 1924 年的散文《秋夜》中有这样一句话："在我的后园，可以看见墙外有两株树，一株是枣树，还有一株也是枣树。"后一句重复前一句，而且同是枣树，让很多人不解。

鲁迅笔下的枣树是这样的："枣树，他们简直落尽了叶子。先前，还有一两个孩子来打他们别人打剩的枣子，现在是一个也不剩了，连叶子也落尽了。他知道小粉红花的梦，秋后要有春。他也知道落叶的梦，春后面还是秋。他简直落尽叶子，单剩干子，然而脱了当初满树是果实和叶子时候的弧形，欠伸得倒很舒服。但是，有几枝还低垂着，护定他从打枣的竿梢所得的皮伤，而最直最长的几枝，却已默默地铁似的直刺着奇怪而高的天空，使天空闪闪地鬼䀹眼；直刺着天空中圆满的月亮，使月亮窘得发白。"

显然，鲁迅笔下的枣树是秋天的枣树，因为"他们简直落尽了叶子"，枣子也是"一个也不剩了"。诗经里，《豳风·七月》提到了枣："六月食郁及薁，七月亨葵及菽。八月剥枣，十月获稻。"由此看来，八月是枣子成熟的季节，此时，人们开始采摘、食用枣子。

枣子自古以来就被列为“五果”之一，与桃、李、梅、杏齐名。枣别称枣子、大枣、刺枣、贯枣，属于落叶小乔木，可高达十余米，树皮褐色或灰褐色。枣果呈矩圆形或长卵圆形，幼时青色，成熟时红色，后变红紫色，中果皮肉质，味甜。枣子含有丰富的维生素，除供鲜食外，也可以制成蜜饯和果脯。也有青枣，成熟后颜色依然如故。

枣与“早生贵子”里的“早”谐音，因此常常被人们拿来祝福新人，借喻早生贵子！很多地方有这样的习俗，人们在结婚时，会将红枣、花生、桂圆、栗子放在新人的被角，寓意“早生贵子”。

人们喜欢食枣，唐代大诗人杜甫有《百忧集》诗云：“庭前八月梨枣熟，一日能上树千回。”看看，梨与枣的诱惑多大，可以诱惑大诗人“一日能上树千回”，为的就是采摘熟透了的梨与枣。

枣子是好东西，但是也不能贪食，贾思邈说：“多食令人热渴膨胀，动脏腑，损脾元，助湿热。因此，凡羸瘦者不可食。”吃枣也有禁忌，枣忌与虾皮、葱、鳝鱼、海鲜、动物肝脏、黄瓜、萝卜等同食，同食破坏维生素，失去应有的营养。

明代医药学家李时珍说：“按陆佃《埤雅》云：大曰枣，小曰棘。棘，酸枣也。枣性高，故重；棘性低，故并。音次。枣、棘皆有刺针，会意也。”据此，我们知道枣子的品质分为两种，大的枣子是甜的，小的枣子是酸涩的。

诗经里，《陈风·墓门》就有这种记载：“墓门有棘，斧以斯之。夫也不良，国人知之。墓门有梅，有鸮萃止。夫也不良，歌以讯之。”

棘就是酸枣树，而梅也是酸的，它们的口味均不佳，应该说人们并不喜欢吃。诗人以棘和梅来诅咒墓中之人，称其墓门前长着的也是酸枣、酸梅，由此得知，墓中之人不是什么好人。诗人接下来就以“夫也不良，国人知之”“夫也不良，歌以讯之”来明确告知大家，这个墓中之人是不良之徒也！

看来，虽然枣子好吃，但是也和人一样，其品质也分优劣。不过，俗话说人不可貌相，对于枣子我们也不能只看其外表，有句民谚叫“歪瓜裂枣”，意思是长得歪的瓜和裂开的枣子才甜。你看，我们不应以貌取人，是不是也不应“以貌取枣”呢？

柘

柘读 zhè，古时叫柘，现在叫黄桑，属于落叶灌木或乔木。黄桑的树皮有长刺，叶子呈卵形，可以用来喂蚕。黄桑的皮可以用作黄色染料，其木质坚而密，是贵重的木料。不过，在《诗经》里，黄桑可是一点也不贵重。《大雅·皇矣》里说："攘之剔之，其檿其柘。"古人将它连同山桑一起，当作杂树清理掉的。

对于黄桑可制作器具和养蚕，古籍记载："柘木里有纹，亦可旋为器。其叶可饲蚕，曰柘蚕，然叶硬，不及桑叶。"

就像山桑一样，黄桑也是生于山中的，李时珍说："处处山中有之，喜丛生。干疏而直，叶丰而浓，团而有尖。其叶饲蚕，取丝作琴瑟，清响胜常。"由黄桑饲养出来的蚕，丝可以用来制作琴瑟。而由黄桑饲养出来的蚕丝制作的琴瑟，声音非常清响。

俗话说，"人尽其才，物尽其用"。每个人都有自己的优点和特长，用人时，只要人尽其才，就能取得卓越的成绩。因此，汉代王符在《潜夫论·实贡》里说："智者弃所短而采其所长，以致其功。明君用士，亦犹是也。物有所宜，不废其材，况于人乎？"王符说了物有所宜，都不废其材，更何况于我们人类呢？

除了养蚕制作器具，当作染料，黄桑还是很好的中药材。李时珍说："柘能通肾气，故《圣惠方》治耳鸣耳聋一二十年者，有柘根酒。用柘根二十斤，菖蒲五斗，各以水一石，煮取汁五斗。故铁二十斤，赤，以水五斗，浸取清，合水一石五斗；用米二石，曲二斗，如常酿酒成。用真磁石三斤为末，浸酒中三宿。日夜饮之，取小醉而眠。闻人声乃止。”黄桑可以用来治疗耳鸣耳聋。

黄桑之所以叫黄桑，是因为它的木材中心为黄色。除了木材中心为黄色，皮可以用作黄色的染料，所以叫黄桑。

不过，黄桑有这么多的优点，古人却没当回事，“攘之剔之，其檿其柘”。黄桑这么好的东西，被当作杂树清理掉，真替古人惋惜，也替黄桑、山桑难过！

榛

榛就是榛树，榛树的果实叫榛子，榛子与核桃、扁桃、腰果被称为世界上四大干果，也叫四大坚果。四大坚果的共同特征是都具有坚硬的外果皮，里面包含着油质的可食种子，并且都具有丰富的营养价值。

在《诗经》中，有多首诗歌提到了榛树，如《大雅·旱麓》："瞻彼旱麓，榛楛济济。"《曹风·鸤鸠》："鸤鸠在桑，其子在榛。"《邶风·简兮》："山有榛，隰有苓。"

从《诗经》中，我们可以看出，榛树喜欢长在山上，也就是喜欢长在高处。据了解，榛树喜欢生长于海拔 200~1000 米的山地、阴坡和灌木丛中，其抗寒能力非常强。由此可见，榛树也是比较顽强的树种，其品格大概与松柏相近。

榛子大小与杏仁差不多，外形则与栗子差不多，只是比栗子要小多了。

榛树的果实榛子，不仅跻身世界四大坚果之列，而且因为其营养价值最高，有着"坚果之王"的称号。

关于榛树的由来，《礼记》郑玄注云："关中甚多此果。关中，秦地也。榛之从秦，盖取此意。"因为秦地生产此树，所以此树就被称为榛树。

因为榛与蒸谐音，所以人们常用榛树来比喻蒸蒸日上。

柞

维柞之枝，其叶蓬蓬。
乐只君子，殿天子之邦。

——《小雅·采菽》

《小雅·采菽》里描写了柞树生长茂盛的样子，看来柞树在古时候可是雄踞一方啊。

柞树属于壳斗科栎属植物，它枝繁叶茂，树干奇特苍劲，树形优美多姿，所以深受人们喜爱。今天，人们把柞树当作景观树栽植。柞树也是世上最大的开花植物，其生命期比较长，树龄可达四百多岁。

说柞树大家可能不懂，但要是说起它的另一个名字，很多人就会知道，甚至很熟悉——橡树。橡树之所以闻名，缘于著名诗人舒婷在二十世纪七十年代写的一首著名的爱情诗《致橡树》。

我如果爱你——
绝不像攀援的凌霄花，
借你的高枝炫耀自己；
我如果爱你——
绝不学痴情的鸟儿，

为绿荫重复单调的歌曲；

也不止像泉源，

长年送来清凉的慰藉；

也不止像险峰，

增加你的高度，衬托你的威仪。

……

诗人借橡树抒发了自己的爱，表明自己的爱像橡树一样。为此，诗人愿意一直陪伴在橡树的身边："我必须是你近旁的一株木棉 / 作为树的形象和你站在一起 / 根，紧握在地下 / 叶，相触在云里 / 每一阵风过 / 我们都互相致意。"在诗人的眼里，橡树俨然变成了爱情的化身。

《致橡树》让舒婷一举成名，也让很多人知道了橡树。

在古代，柞树还是人类最好的柴火。《小雅・车辖》有诗云："陟彼高冈，析其柞薪。析其柞薪，其叶湑兮。鲜我觏尔，我心写兮。"所谓"析其柞薪"就是把柞枝劈来当柴烧的意思。

野有蔓草，零露漙兮

藤纤植物

苌 楚

隰有苌楚，猗傩其枝。
夭之沃沃，乐子之无知！
隰有苌楚，猗傩其华。
夭之沃沃，乐子之无家！
隰有苌楚，猗傩其实。
夭之沃沃，乐子之无室！

——《桧风·隰有苌楚》

这首诗的意思是：低洼地上长阳桃，蔓长藤绕枝繁茂。鲜嫩润泽长势好，羡你无知不烦恼。低洼地上长羊桃，蔓长藤绕花儿美。鲜嫩润泽长势好，羡你没有家拖累。低洼地上长阳桃，果实累累挂蔓条。鲜嫩润泽长势好，羡你无家需关照。

这首《桧风·隰有苌楚》采用比兴的手法，以物喻人，诗人羡慕猕猴桃生机盎然，无忧无虑，而人活在世上，还不如草木。

《诗经》里所说的苌楚，就是今天的猕猴桃，又叫阳桃，此外，它还有狐狸桃、藤梨、木子、毛木果、奇异果、麻藤果等别名。

猕猴桃因其貌似猕猴而得名，也有说它是猕猴喜欢吃的桃子，所以才叫猕猴桃。

对于猕猴桃，一代药圣李时珍是这样说的：“其形如梨，其色如桃，而猕猴喜食，故有诸名。闽人呼为阳桃。”由此可知，猕猴桃外形像梨，颜色像桃，是猕猴喜欢吃的一种水果。但是猕猴桃还有一个名字叫狐狸果，那么，它是不是也是狐狸喜欢吃的一种水果呢？李时珍没有说，不过，既然能叫狐狸果，那么，我想多少应该与狐狸有一点关系吧？

猕猴桃为雌雄异株的大型落叶木质藤本植物，果实具有美容养颜、排毒清肠、缓解维生素C缺乏病的功效，每天喝一杯猕猴桃汁，可以改善肤色。还有一种说法，说如果患了口腔溃疡，连续吃五个猕猴桃就能痊愈。这种说法虽然没有什么科学依据，但猕猴桃具有排毒、缓解维生素C缺乏病的功效是不容置疑的，而口腔溃疡是一种口腔黏膜溃疡性损伤病症，所以猕猴桃应该是能够起一定的作用的。

诗经里描写了很多植物，也有不少诗篇是以植物的名字为题的，比如《卷耳》《芣苢》《葛覃》《木瓜》《丘中有麻》《采葛》《园有桃》等。它们有的是直接以植物的名字为题，如《卷耳》《芣苢》《木瓜》，有的提到了植物，如《丘中有麻》《采葛》《园有桃》。与那些仅仅在内容里提到的植物相比，这些植物无疑是幸运的，等于是《诗经》为它们打了广告，人们无须看内容，只看标题，就知道它们，这是何等的荣耀啊？

《桧风·隰有苌楚》属于《诗经》在标题里就提到植物名字的诗篇，苌楚也就是猕猴桃，这是它的幸运。

葛

葛之覃兮，施于中谷，维叶萋萋。

黄鸟于飞，集于灌木，其鸣喈喈。

葛之覃兮，施于中谷，维叶莫莫。

是刈是濩，为絺为绤，服之无斁。

——《周南·葛覃》

这首诗轻松明快，描绘了一幅静谧美丽的乡村生态画卷。

葛草长得如此葱茏，黄鹂是如此欢快，唱得是如此动听。看着如此美丽的场景，观者的心里自然是无比欢喜。

这些喜人的葛草，对于古人来说可是大有用途的。它可以用来织布，做成美丽的衣裳，穿在爱美的女子身上，让女子变得美丽动人！女子对此当然非常喜欢，用古人的话来说是“服之无斁”。斁读 yì，是厌的意思；服之无斁，即穿着这样的衣服，并不讨厌。

古人是多么矜持啊，喜欢不说喜欢，称“无斁”。既然不讨厌，当然是喜欢的意思。

葛是豆科多年生草本植物，花呈紫红色，其茎长可以达到两三丈，靠缠绕他物生长，葛的茎也可以用来做绳，其纤维可以用来织布，俗称夏布。葛的藤蔓可以用来制鞋，即葛屦，可供夏日穿。南宋词人辛弃疾有词云："一葛一裘经岁，一钵一瓶终日，老子旧家风。"辛词里的葛，指的就是夏季穿的衣服，裘则指的是冬天的衣服。所谓"一葛一裘经岁"，意思是穿着夏天的衣服和冬天的衣服过了一年。而"一葛一裘经岁，一钵一瓶终日"则说明生活贫苦。宋朝大诗人韩愈也有诗曰"冬一裘，夏一葛"，说明葛在古时被广泛用来做夏季的衣服。

作为一种藤蔓植物，葛被诗人屡屡吟诵。比如，有"诗鬼"之称的唐朝诗人李贺，就有多首诗歌提到了葛，如"玉瑟调青门，石云湿黄葛""彩巾缠踌幅半斜，溪头簇队映葛花""葛衣断碎赵城秋，吟诗一夜东方白""大带委黄葛，紫蒲交狭涘"等诗句，均出现了葛的身影。诗仙李白也有诗歌咏颂葛，称"黄葛生洛溪，黄花自绵幂"。

因为葛属于藤蔓植物，根据其特性人们还创造了与葛有关的词语，比如纠葛、瓜葛。纠葛是比喻纠缠不清之意。纠为三股纱线所合成的绳子。纠和葛都有缠绕之意。瓜和葛都是蔓生的植物，它们生长在一起，互相纠缠，瓜葛比喻两件事情互相有联系。

葛除了被古人用来做衣服以外，还可以药用。医药学家李时珍说："其根外紫内白，长者七八尺。其叶有三尖；如枫叶而长，面青背淡。"李时珍形象地概括了葛的形貌，方便我们认识、了解。我们比较熟悉的是葛根，葛根可以解饥清热，用来治疗高血压、颈项强痛、冠心病等。除了治病，葛也是喜欢喝酒的人士的最爱，因为葛花有保肝、解酒的功效，主治饮酒过度、头痛、头昏、烦渴、呕吐、胸膈饱胀，可用来解酒。

葛 藟

藟读 lěi。

葛藟为葡萄科植物，别名割谷镰藤、野葡萄、栽秧藤。葛藟果实味酸，不能生食，根、茎和果实供药用，可以治关节酸痛。

《王风·葛藟》有诗云“绵绵葛藟，在河之浒”“绵绵葛藟，在河之涘”“绵绵葛藟，在河之漘”。意思是说葛藤缠绕绵长，生长在河湾、河岸和河滩上。

葛藟是木质藤本植物，有缠绕、攀附的特点，其花呈紫红色，茎可做绳，纤维可织葛布。在《葛藟》里，葛藟生长茂盛，绵绵不断，可见葛藟生命力非常旺盛。因为是藤本植物，所以需要攀附大树生长，这在《诗经》里也被屡次提及。《大雅·旱麓》里说：“莫莫葛藟，施于条枚。”意思是葛藟到处长，缠绕树枝树干。《周南·樛木》里也说“南有樛木，葛藟累之”“南有樛木，葛藟荒之”“南有樛木，葛藟萦之”，意思是说：南方有高大的树木，葛藟攀援、缠绕、覆盖着这些树木。

树木虽然高大，但是如果遇到藤蔓植物，那可真的是没有办法了。这些藤蔓植物顺势而上，不管树木如何高大，它都会攀援而上，直到树木的顶端。而如果没有树木的支撑，它们丧失了支撑，只能匍匐生长，变得萎靡不振。在藤蔓植物中，木质藤本植物才是大树真正的负担，比如紫藤、凌霄、葡萄等。因为这些木质藤本植物，枝干会逐渐木化，变得像树木那样坚硬，它们缠绕着大树，绝不松开。特别是紫藤，虽然属于藤本植物，但是它的枝干也可以长到像树木枝干那么粗壮。纵使树木再强壮，估计也吃不消紫藤长年累月的拖累。

藤蔓植物的生长特性，决定了它们的生活和生存方式。葛藟作为藤本植物，同样需要依附其他高大的树木才能生长。在《诗经》中，葛藟的这种特性一览无遗。“莫莫葛藟，施于条枚”说的是葛藟蔓延缠绕在树干上。“南有樛木，葛藟累之”说的是南方有高大弯曲的树木，被葛藟缠绕着。

从某种角度来说，藤蔓植物其实属于寄生植物，它们虽然也有自己的生命，但其实是寄生在树木上。

不过，幸运的是，在《诗经》里，虽然藤蔓植物一直纠缠着树木，但是古人也对它们寄予了美好的寓意。比如，《周南·樛木》就是以葛藟缠绕树木来祝福新人福禄相随，希望他们的婚姻像葛藟缠绕树木一样缠绵相伴，幸福长久！

如此一来，藤蔓植物缠绕树木，倒变得缱绻缠绵了。只是，不知道被缠绕的树木会不会这样想？它们是因为被藤本植物缠绕而变得幸福，还是烦恼呢？

茑

有頍者弁，实维伊何？
尔酒既旨，尔肴既嘉。
岂伊异人？兄弟匪他。
茑与女萝，施于松柏。
未见君子，忧心奕奕。
既见君子，庶几说怿。
有頍者弁，实维何期？
尔酒既旨，尔肴既时。
岂伊异人？兄弟具来。
茑与女萝，施于松上。
未见君子，忧心怲怲。
既见君子，庶几有臧。
有頍者弁，实维在首。
尔酒既旨，尔肴既阜。
岂伊异人？兄弟甥舅。
如彼雨雪，先集维霰。
死丧无日，无几相见。
乐酒今夕，君子维宴。

——《小雅·頍弁》

这是诗经《小雅·頍弁》里的诗句，意思是：茑与女萝攀缘在松柏上。

茑与女萝都是善于攀缘的蔓生植物，需要依附它物才能生长。

对于茑，解释只是一种茎能攀缘别的树木的小灌木。今天具体指什么植物，并没有明确所指。对于茑，本草学家解释是指桑寄生科桑寄生属和槲寄生属植物。前者寄生于山茶科、壳斗科等树上，后者寄生于槲、榆、桦等多种阔叶树上。

按照茑的字面解释及其攀援性，茑萝松倒是符合茑的特征。茑萝松为旋花科茑萝属蔓性一年生缠绕草本植物。

茑的名字其实很奇特，草头下面一个鸟，说明它并不是动物，而是一种植物。那么，植物怎么样才能成为鸟？只有一个，就是飞。而茑萝松是攀援性缠绕草本植物，它可以依靠攀爬大树而扶摇直上，像鸟一样栖息于树木上，称其为茑也就可以理解。

茑与女萝都是攀援性植物，两者习性相近，所以人们用茑与女萝来比喻兄弟或亲戚关系。

古时的植物，因为历史的变迁和进化，一些植物渐渐消失，但也会演变为新生的植物。比如，《诗经》里没有玉米，因为玉米引进比较晚。而茑也可能是一个植物，只是随着岁月的变迁和环境的变化，它消失了。

每一种植物，都有自己的生长习性，有的靠自身的雄伟躯干傲立于大自然，比如松柏类木本植物；有的则以柔软的身躯展示在人们面前，比如蒿类等草本植物；有的则以攀援缠绕的形象出现在人们面前，比如紫藤、凌霄、女萝、葛等植物。

每种植物都有自己的活法，是它们丰富了大自然，构成了一个绿色的世界。

女　萝

"茑与女萝，施于松柏""茑与女萝，施于松上"是诗经《小雅·頍弁》里的诗句，这两句诗的意思是：茑草与女萝，攀援松柏。这里的茑与女萝，都是一种攀缘性蔓生植物，属于寄生植物，需要攀附在树木上才能生长。

女萝是一种地衣类植物，全体为无数细枝，状如线，长数尺，靠依附他物生长。女萝又名松萝、松落、龙须草、金钱草、关公须、天蓬草、树挂、松毛、海风藤、金丝藤、云雾草、老君须、过山龙等。

女萝是一种很奇怪的寄生植物，根据其宿主的不同，取名不同。寄生在松柏等树木上的，名为女萝；寄生在草上的，则名为菟丝子。明代医药学家李时珍说："按毛苌《诗注》云：女萝，菟丝也。"《吴普本草》也称"菟丝一名松萝"，说明美丽动听的女萝就是在农村的大豆田里常见的菟丝。对于菟丝和女萝的区别，《古乐府》有诗云："南山幂幂菟丝花，北陵青青女萝树。由来花叶同一根，今日枝条分两处。"可见，菟丝和女萝本为同一物，只是因为攀附宿主的不同，名字也就不同而已。不过，在《诗经》里，菟丝子不叫菟丝子，而叫唐。《墉风·桑中》有诗云："爰采唐矣？沫之乡矣。"这里的唐，就是菟丝子。

其实，女萝也好，菟丝也罢，它们都是寄生植物，依靠吸取寄生植物的水分和营养才能生长。

相比菟丝，女萝因为寄生的宿主是松柏，它们有强大的躯干，水分充足，远胜于大豆，所以即使女萝吸取了自己的营养，松柏倒也没有太大的感觉。倒是大豆，因为生得矮小，再被菟丝吸取营养，真的是经不起折腾呢！

虽然女萝和菟丝属于寄生植物，但它们也有优点——许多地衣类植物都含有抗菌物质，其中女萝含有松萝酸，其抗菌作用尤为突出。而松萝酸对原虫、阴道滴虫均有抑制作用。女萝还具有清肝、化痰、止血、解毒等功效，可以治头痛、目赤、咳嗽痰多、疟疾、白带、崩漏，及外伤出血、痈肿、毒蛇咬伤等。

茹藘

东门之墠，茹藘在阪。
其室则迩，其人甚远。
东门之栗，有践家室。
岂不尔思？子不我即。

——《国风·郑风·东门之墠》

《诗经》里的这首《郑风·东门之墠》是一首爱情诗。

这首诗里的茹藘，藘读 lú，就是今天的茜草。茹藘又名茅、茹、地血、染绯草、血见愁、风车草、过山龙、牛蔓等。茹藘属多年生草质攀援藤木，根状茎和其节上的须根均红色，可用来制作绛红色染料，这从它的别名地血和染绯草也能看出。

茹藘是一种历史悠久的植物染料，在古代，茹藘就被古人用作染料。这在《诗经》的另一首诗《郑风·出其东门》有体现：“出其闉阇，有女如荼。虽则如荼，匪我思且。缟衣茹藘，聊可与娱。”这句诗的意思是：我走出了外城门，只见女子多如花。虽然女子多如花，但不是我爱的人。身着白衣红佩巾，才让我爱又欢欣。俗话说人不可貌相，但古人在看人时，也是以貌取人的，他看中的是穿着白衣红佩巾的女子，若非如此，就不喜欢了。

茹藘性寒，能凉血止血，还能化瘀，这从它的另一个别名血见愁可以看出，血见到茜草都要犯愁，说明茹藘的止血功能非同一般。

茹藘可以止吐血不定，《简要济众方》有方曰："茜根一两，捣末。每服二钱，水煎冷服。亦可水和二钱服。"不过，古人还是看重茹藘的染料作用，要知道，"缟衣茹藘"才是古人的最爱啊！

在古代，古人依靠植物来提取染料，如，茹藘（茜草）可以用作红色染料，绿（荩草）、柘（黄桑）可以用作黄色染料，蓝（蓼蓝）可以用作青蓝色染料，楰（苦楸）可以用作青色燃料……古人就地取材，物尽所用，充分发挥了劳动人民的聪明才智。

苕

苕之华，芸其黄矣。
心之忧矣，维其伤矣。
苕之华，其叶青青。
知我如此，不如无生。

——《小雅·苕之华》

《诗经》里这首《小雅·苕之华》所说的植物苕，不是我们今天所说的植物苕子。今天我们所说的苕子，是巢菜属一年生或越年生豆科草本植物，开紫色的花。大集体时农村有种植，除了收获苕子的种子以外，苕子基本被作为沤绿肥的原料。《诗经》里的植物苕，是草质藤本植物，就是今天我们所说的凌霄。

与豆科草本植物苕子相比，《诗经》里的植物苕可就高贵多了，它是一种观赏性花木，花非常美丽，深受人们喜爱。

凌霄别名紫葳、五爪龙、红花倒水莲、倒挂金钟、上树龙、上树蜈蚣、白狗肠、吊墙花、堕胎花、芰华、藤罗花。凌霄之得名，李时珍是这样描述的："附木而上，高数丈，故曰凌霄。"

凌霄是柔软的，生长特性决定了它的柔软，它需要依靠攀爬才能生长，因此，它的别名又叫上树龙和上树蜈蚣，这是人们根据其生长特性所起的名字。但凌霄也是坚韧的，它的藤枝一边攀爬一边木质化，然后侵入性地扎根所到之处，只要能侵入的地方，就会牢牢扎下自己的根须，所以又名五爪龙。

在《诗经》里，凌霄“苕之华，芸其黄矣”“苕之华，其叶青青”。意思是说凌霄开花，到处都是黄色的花，而花落之后，则留下了青青的叶子。古人借物喻人，感叹自己生活的艰辛，还不如凌霄活得滋润。

凌霄虽然需要攀附他物才能生长，但它是自由的，活得也是滋润的，岂能不让人羡慕?

芄 兰

芄兰之支，童子佩觿。
虽则佩觿，能不我知？
容兮遂兮，垂带悸兮。
芄兰之叶，童子佩韘。
虽则佩韘，能不我甲？
容兮遂兮，垂带悸兮。

——《国风·卫风·芄兰》

《诗经》里这首《卫风·芄兰》是以植物芄兰的名字为题的诗篇。

芄兰就是今天的萝藦，又名女青、斫合子、白环藤、羊婆奶、婆婆针、落线包、羊角、天浆壳、蔓藤草、奶合藤、土古藤、浆罐头、奶浆藤，是萝藦属多年生草质缠绕藤本植物。也就是说，萝藦需要依附他物才能生长。

《卫风·芄兰》是一首爱情诗，因为自己喜欢的人长大后对自己冷淡了："芄兰之支，童子佩觿。虽则佩觿，能不我知？"意思是：芄兰枝上结尖夹，小小童子佩角锥。虽然你已佩角锥，但不解我情旖旎。在古时候，角锥是成人的佩饰，童子佩戴角锥，是成人的象征。也就是说，女子喜欢的男子渐渐长大，也许是男子不解女儿之情，也许是故作成熟，男子对青梅竹马的女子变得冷淡了，这让女子的内心非常不满，于是就创作了这首《卫风·芄兰》。

作为多年生草质缠绕藤本植物，在农村，芄兰喜欢贴着篱笆生长，篱笆满足了芄兰的生长需要。爬满了芄兰的篱笆，就变成了一道道绿篱，既起到防护的作用，又起到了绿化美化的效果。篱笆和芄兰，两者可谓是相得益彰。

芄兰不仅可以起到绿化的作用，还可入药，果可治劳伤、虚弱、腰腿疼痛、缺奶、白带、咳嗽等；根可治跌打、蛇咬、疔疮、瘰疬、阳痿；茎叶可治小儿疳积、疔肿；种毛可止血；汁可除瘊子；茎皮纤维坚韧，还可做人造棉。

芄兰的嫩果还可以食用，不仅如此，芄兰还具有补气、壮精、补血、清热、消肿等功效。

果 蠃

我徂东山，慆慆不归。

我来自东，零雨其濛。

果蠃之实，亦施于宇。

——《豳风·东山》

这是诗经《豳风·东山》里的诗句，意思是：自从我远征到东山，一别家乡好几年。今儿打从东方来，毛毛雨儿尽缠绵。栝楼藤长籽儿大，籽儿结在房檐下。

这里的果蠃是一种植物。蠃读 luǒ。

果蠃即栝楼，是葫芦科栝楼属多年生攀援草本植物，喜欢依靠和缠绕大树而生长。

栝楼又叫天撤、苦瓜、山金匏，但农村习惯叫它瓜蒌。

小时候，瓜蒌是农村常见的一种植物，人们一般把它种植在大树下，等待破土出苗，藤蔓攀援性植物的天性，让瓜蒌无师自通，沿着树木的枝干攀援而上，甚至可以一直攀援到树梢。瓜蒌爬得越高，长得就越旺盛，等到结籽的时候，一个个青色的瓜蒌就垂下来。秋天瓜蒌变黄，也就意味着老了，它的生命也就走到了终点。枯萎的瓜蒌还会继续缠绕着大树，但它已经失去了力气，不再紧紧地缠绕着大树，而是变得松松垮垮，遇到狂风一吹，它枯萎的藤蔓就被吹折，从树枝上垂下来。

瓜蒌长得像瓜，但是却不能吃，所以小时候我们对瓜蒌根本就不感兴趣。不仅如此，我们还很奇怪大人为什么要种植瓜蒌。成熟的瓜蒌像成熟的柿子一样软，人们采摘下来，摘取瓜蒌里面的种子，卖给医药公司，一部分留做种子用，来年再种。

《诗经》作为最早的一部诗歌总集，反映了西周初年至春秋中叶约五百年间的社会面貌，里面很多诗歌都提到了植物，因为古人以植物为食，依靠植物生存。而收入《诗经》的这些诗歌，一部分是劳动人民所写，还有一部分是贵族士大夫所写。涉及植物的，一般多为劳动者所写。

在诗经《豳风·东山》中，诗人用果蠃的恣意疯长来衬托老家的寂寞荒凉，你看，就连屋檐上都爬满了果蠃，这不是没人打理的缘故吗?古时候战事频繁，再加上自然灾害，人们备受战乱和灾害的侵扰，难以安居乐业。

薇

在我们的印象中，薇一般被用作女性的名字。但是，在《诗经》里，薇是植物的名字。在今天，薇被称为野豌豆。

诗经《小雅·采薇》里说："采薇采薇，薇亦作止；采薇采薇，薇亦柔止；采薇采薇，薇亦刚止。"什么意思呢？采野豌豆呀采野豌豆，野豌豆新芽已长大；采野豌豆呀采野豌豆，野豌豆柔嫩初发芽；采野豌豆呀采野豌豆，野豌豆已老发杈枒。

野豌豆是豆科多年生草本植物，根茎匍匐，茎柔细斜升或攀援，又名大巢菜、薇菜、救荒野豌豆、马豆草、野麻碗、野苕子、野绿豆、野菜豆、山扁豆、山木樨等。古时候，野豌豆是被古人当作蔬菜食用的。《小雅·采薇》就记录了采摘野豌豆的场景。而《诗经》里，另一首《召南·草虫》也记录了这一场景："陟彼南山，言采其薇。"讲的是古人登上高高的南山顶，去采摘鲜嫩的野豌豆苗。

野豌豆并不是我们今天所说的豌豆，野豌豆的花与农村常见的另一种植物——苕子相似，因为野豌豆和苕子都属于豆科巢菜属植物。所以，它们的花、茎、叶看起来非常相似，而野豌豆别名也叫野苕子，说明它和苕子有共同之处！

对于薇，明代医药学家李时珍是这么说的："薇生麦田中，原泽亦有，故《诗》云'山有蕨、薇'，非水草也。即今野豌豆，蜀人谓之巢菜。蔓生，茎叶气味皆似豌豆，其藿作蔬、入羹皆宜。”就是说，薇与豌豆一样，喜欢生长在麦田中，因为它们都是攀缘性草本植物，需要依附它物生长，所以麦子就成为薇与豌豆最好的伙伴。但麦子一旦被薇与豌豆攀援，也就意味着将缺少阳光雨露的润泽，就会生长不良。所以，麦子是最怕它们的！而李时珍也明确地告诉我们，野豌豆并不是豌豆，只是它的花、茎、叶与豌豆看起来非常相似。

野豌豆除了可以食用，还可以用来治病，它具有利尿、止血的作用，可用来治疗水肿和小便不利，也可用来治疗血热所致的鼻衄、咯血和吐血。

薁

古人给植物起名字，可真够深奥的。这不，诗经《豳风·七月》里说："六月食郁及薁，七月亨葵及菽。"这里的薁，读yù。薁这个名字比较深奥，但看植物本身，就让人恍然大悟了，原来，古人所说的薁，就是我们现在所说的葡萄。不过，古人所指的葡萄，是野葡萄。

虽然是野葡萄，但它的别名一点也不比其他植物少。野葡萄又叫酸藤、山葡萄、烟火藤、山天萝、母苦藤、狗葡萄、山胡烂等。不过，野葡萄的别名好像都很俗气。

《诗经》里说"六月食郁及薁"，就是说在六月份，郁李和野葡萄都熟了，可以采摘食用了。

野葡萄是一串串的，刚结籽的葡萄，一粒粒像小米似的，等到逐渐长大，就有了葡萄的韵味，青梗梗的，让人看了心中满怀期待。及至成熟，就变成了紫色，让人看了满心的欢喜。

不过，我们现在常见的葡萄是驯化过的，我国以新疆吐鲁番的葡萄最为出名。吐鲁番气温高，日照时间长，昼夜温差大，特别适合葡萄的生长，是我国葡萄主要生产基地。

葡萄可以酿葡萄酒，我们常见到的干红就是用葡萄酿制的。而葡萄美酒，古人早就有诗赞誉，唐朝诗人王翰留下了"葡萄美酒夜光杯，欲饮琵琶马上催。醉卧沙场君莫笑，古来征战几人回"的著名诗篇。比王翰更有名的唐代诗人刘禹锡，也留下了“野田生葡萄，缠绕一枝高”的诗句来赞美葡萄。

作为葡萄家族中的一员，野葡萄一直以顽强的生命力从古走到今，只不过，它在《诗经》里叫薁而已。

麻

“东门之池，可以沤麻。彼美淑姬，可以晤歌。”(《国风·陈风·东门之池》)“不绩其麻，市也婆娑。”(《陈风·东门之枌》)“丘中有麻，彼留子嗟。”《国风·王风·丘中有麻》“蓺麻如之何？衡从其亩。”(《国风·齐风·南山》)。

这是《诗经》里提到麻的诗篇。在《诗经》中，麻的出镜率不低。在《诗经》中，出现频率高的植物，对于古人来说都非常重要。除了庄稼类植物出现频率较高外，一些树木出现的频率也非常高。如桑，因为可以养蚕，蚕丝可以用来做高贵的衣服，可以带来更大的经济效益。所以孟子曰：“五亩之宅，树之以桑，五十者可衣帛矣。”意思是五亩地栽植桑树，可以让丧失劳动力的主人衣食无忧。

正是因为桑树可以带来经济效益，因此古人喜欢栽植桑树。还有梓树，其木材可供建筑及制作木器用，所以也深受古人喜爱，古时候人们家前屋后栽植的都是桑树或梓树，后来桑梓也被用来代指家乡。

麻作为衣服的原料，一样受到古人的重视，因为衣服是必不可少的。

麻的种类又很多，有大麻、苎麻、苘麻、亚麻等，它们的茎皮纤维通常都称为麻，可以用来织布，现在很多衣服的原料是亚麻做的。

大麻和苘麻在计划经济年代，在农村普遍种植，它们属于经济作物，其秸秆外皮，经过沤制后可以用来做绳和织布，我们常见的有麻袋、麻绳。

麻的种植和利用在我国已有两千六百余年的历史。以前我的老家种植很多大麻和苘麻，大麻和苘麻需要适宜密植，大麻的叶子较窄、小、狭长形，苘麻的叶子相对要大一些，椭圆形。夏天，大麻和苘麻地是最好的阴凉地，也是孩子们捉迷藏的自由场所，是农村孩子的乐园。大麻和苘麻地也是蜻蜓的栖息地，每到傍晚，蜻蜓就飞落到大麻和苘麻的叶子上栖息。

大麻和苘麻制作成麻绳，需要先对秸秆外皮进行沤化处理，将它们捆成捆，抛进池塘里进行沤化。沤制大麻和苘麻的河水不需要太清澈，甚至越浑浊越好。为了不让浸在水中的大麻和苘麻浮起，还需要用泥土压在上面，以便让它们整个沉入水中。经过一段时间的沤化，大麻和苘麻秸秆上的皮就非常容易剥离，也变得结实，做成的绳子也变得更结实。这一做法，在《陈风·东门之池》里曰："东门之池，可以沤麻。"

苎

东门之池，可以沤苎。

彼美淑姬，可以晤语。

——《陈风·东门之池》

这是诗经《陈风·东门之池》里的诗句，意思是：城东门外护城河，河水可以泡苎麻。一位美丽好姑娘，可以和她来谈话。

《陈风·东门之池》里的苎，指的是一种植物，即苎麻。

苎麻是荨麻科苎麻属亚灌木或灌木植物。苎麻经过揉洗梳理之后，可以得到比较长而且耐磨的纤维。因此，苎麻是中国古代重要的纤维作物之一。苎麻可以用来织布做成衣服，史料载："苎麻旧不着所出州土，今闽、蜀、江、浙多有之。剥其皮可以绩布。"就是说，苎麻可以用来织布，所以，古人的衣服叫麻衣。麻也可以用来编织麻袋和麻绳。

现代的衣服原料有棉、毛、麻、丝、化纤等，古代主要以棉、麻、丝作为衣服原料，棉、麻一般为普通百姓穿的衣服，而毛、丝和兽皮是贵族才能穿得起的。

在缺衣少食的古代，苎麻还可以用来救荒，当食物匮乏的时候，古人也会采食苎麻来充饥。所以对于苎麻，李时珍又说："可刮洗煮食救荒，味甘美。其子茶褐色，九月收之，二月可种。宿根亦自生。"由此看来，苎麻不仅可以救荒，解古人一时之饥，按照李时珍的说法，味道还不错呢！

不过，古人终究还是没有把苎麻当作食物，而只是作为做衣服的原料。究其原因，估计还是因为苎麻可食用的部分不足以满足人们的食用需求，所以苎麻承担的更大的任务是为人类提供做衣服的原料。而“东门之池，可以沤苎”，诗歌所写的正是这一幕生活场景。东门的池水里，可以用来沤制苎麻，沤制苎麻干什么？当然是为了取其纤维。大麻、苎麻经过沤制之后，可以得到又长又耐磨的纤维，人们就用这些纤维来织布、做衣服、编织麻袋。

苎麻虽然不是食物，但是，对于古人来说一样非常重要。俗话说，吃、穿、住、行，古人除了吃以外，也要讲究穿啊，至于住和行，古人当然也有自己的一套方法。